幸せさがして日が落ちる

古宮山　温子

東京図書出版

幸せさがして日が落ちる ❖ 目次

幸せをつかめる人

「ホントに『わー、こんなブスでもちゃんと結婚して子供がいるのね』って感じの人がそこらにいくらでもいるのよ。あんただってその気になれば、いくらでも素敵な人と結婚できるはずよ」

いつまでも結婚できない私を心配して、母がまた同じような話を始めた。そう、私は本当に男性との縁がないのだ。それほど不細工でもないし性格もまあまあ、自分で言うのもなんだが、頭がよく仕事はできるほうだ。しかし、もうこの年になって独身ではいまさら男の人と恋に落ちるようなこともなさそうで、だからといって知らない人と条件だけで結婚しようという思い切りも持てずにいる。どうして私は恋愛も結婚もできないのだろうと我ながら不思議にも、情けなく思うこともあったし、大いに焦って、誰でもいいから結婚しようと思ったこともあった。しかし最近の私は悟ってきた。男性に縁のない自分を、ある程度は客観的に見られるようになってきた。

「あのね、やっぱり結婚できるとかできないとかっていうのは、ブスとか美人とかいうことだけじゃないわよね。そういえば、むかし農協にいたときに鮎沢さんってハンサムな男の人がいたんだけど」

「へえ、鮎沢さん。……そんな人、聞いたことなかった気がするわね」

小さい職場ではあったが、生活センターでレジを打っていた私は、金融の担当だった鮎沢さんとあまり接点がなかった。原さんや店長や大林さんの話はしても、鮎沢さんのことをうちで話したことは、ほとんどなかったかもしれない。

「クミが夏休みか何かでこっちに帰ってきたときに一緒に出かけたことがあったんだけど、職場に忘れ物でも取りに寄ったか何かで、そのときクミも一緒に農協に付き合ってもらったの。よく覚えていないんだけど、鮎沢さんその日は休日出勤でもしていたのかしら。クミが『カッコいい人だねー』って驚いて、鮎沢さんもクミを気に入ったのか、そのあとふたりは一回か二回かデートをしたらしいの」

久美子と私は近所に住む友人同士で、高校卒業後、私は農協に就職し久美子は短大に進学していた。

「久美子さんって特に美人でもないじゃないの」

私だって親が思うほど美人ではないけれど、あか抜けない私とは反対に、おしゃれで気の利いた久美子はわりとモテる女の子だった。

「うーん、なにか雰囲気がいいのかしら。……でも結局二人はそれっきりで、クミが言うにはハンサムだけど話が合わないというか、まあはっきり言っちゃえば見た目だけで中味がないということだったみたい」

久美子は性格がいいからそこまではっきりとは言わなかったけれど、私の見た限り、当時盛り上がっていたのは鮎沢さんのほうだけだったように記憶している。

「それがそのあと何年かしてから、るりさんに会ったときに聞いたことなんだけれど」

高校卒業後農協に就職した私だったが、やはり大学に行きたいと、親に頼んで結局二年で農協を辞めて進学した。高卒で同期だった野田るりさんは気のいい女の子で、私が大学の夏休みに実家に帰ると気楽に会ってくれた。だから辞めてからもしばらくは、その後の農協の様子を知ることができたのだ。もっとも、やはり生活センターでレジを打っていたるりさんも少ししたら出入りの業者さんと結婚して辞めてしまったので、情報源はすぐに絶たれたのだが。

「るりさん、なんだって？」

「何かの研修があって、それにるりさんも鮎沢さんも参加していたってことだったのかな。うちの農協だけじゃなくて他の農協とも合同の研修で、どこかの農協の女の子が鮎沢さんのことを『カッコいい！　カッコいい！』って大騒ぎしたんだって。ところがそれがすごくブスな子で、原さんとか鮎沢さんは『なんだ？　あのブス』『あんなブス、ありえねえだろ』みたいに大笑いしてバカにしてたんだって」

鮎沢さんと原さんは私がいたK支所の先輩職員だが、別のS支所にいたるりさんが、よくそんなやりとりまで知っていたものだ。

「それがその女の子は積極的で、鮎沢さんに『大好き！　大好き！』『つきあって！』みたいにものすごくアタックしたんだって。うっとうしいよ、ブスはあっちいけ、みたいにあしらってたくせに、結局鮎沢さん、その子と結婚したんだって」

「あら、よかったわねえ。……男の人にしたって中味がないなんてバカにする子よりも、大好き大好きって言ってくれる子と結婚するほうがどんなにか幸せよね。一生懸命尽くしてくれるでしょうし」

鮎沢さんは確かにハンサムだったけれど特にそれを鼻にかけた様子もなく、そして都会に出た女の子から見てあまり面白味はなかったかもしれないけれど明るい現代っ子という感じの人だった。そんなよさを察知して、頑張ってアタックしたガッツのある女の子が幸せをつかんだのだ。もっとも久美子の名誉のために言っておくと、彼女も決して鮎沢さんをバカにしていたわけではなく、ふたりは縁がなかったというだけのことだと思う。しかし件《くだん》の彼女については私も母と同様、まったく見ず知らずの他人ながら「よかったね」という思いだ。

「そう思うとね、結局幸せな結婚ができるのはそういう子なんだと思うのよ。私みたいにふんぞり返っているのはダメね」

母はため息混じりに言った。

「まあ、あんたも縁があれば結婚できるんだろうし、なければ、それはそれで仕方がないことだわ」

平成25年4月

男性受難の時代

お正月明けに、整体に行った時のこと。

「古宮山さん、何か面白い話あります？」

整体の先生は私より五つほど年が下で、やはり結婚はしていない。似たような境遇のせいか、私と彼女は色んな話で盛り上がることが多い。

「そうだなあ。お正月は結局ダラダラ過ごしちゃうし、職場はここのところヒマだし、特別なこともないですよ」

「そうか。お正月ってかえってなんにもないんですよね」

「先生は旅行したりとか、なにかなかったんですか」

「ずーっと家にいました。あ、二日は母と叔母の家に行ったんですけどね。でも、そこでもただ、ダラダラとお酒を飲むばかりで……」

「叔母さんとお母さんと三人？」

「叔父さん……叔母のだんなさんがいるので、四人で一日過ごしたんですよ」

お酒を飲むのは先生ひとり。糖尿病予備軍の叔父さんはお酒を我慢してテレビで駅伝の観戦をし、叔母さんと先生のお母さんは楽しくおしゃべりしながら台所で料理をし、たまに駅伝の様子を覗きに来たりしていたそうだ。

「そうそう、それでその時のことなんですけどね。……マスミさんつまみにチーズをあげるわって言われて、6Pパックのカマンベールチーズあるでしょ、あれをみんなお皿に並べてもらって、叔父さんと一緒にテレビを観ながらダラダラ飲んでたんです。チーズは一個だけホイルを外して、それをだーいじに、お酒を飲んではチビチビ食べてね」

「ふうん」

「で、しばらくしたら台所のきりがついて、母と叔母さんがコタツに腰を落ち着けたんだけど、そこで叔母さんが『ちょっと。チーズ全部食べちゃったの？』って騒いでるんですよ」

「先生、一個しか食べてなかったんでしょ？」

「そう。ほんのちょっとの隙に、叔父さんがあとの五個をみんな食べちゃってたんです」

「あらまあ」

「もう叔母さんが叔父さんの事を叱るわけですよ、ちょっと、なにやってんのよって。ぜーんぶ食べちゃったの？　普通みんなで食べるでしょ？　五個も一人で食べちゃうなんてって。叔母さんにワーワー言われて叔父さんは逆切れですよ。俺は酒も飲めないんだぞ、チーズを食べるのもダメだなんて、じゃあなにか、俺に飲まず食わずでいろっていうのか？　だって。……まったくもう、そういう問題じゃないじゃないですか」

「うふふ。……へーえ、そうか」

先生の話に笑いながら、私はむしろ叔父さんが気の毒になる。男女同権の時代を経て、いまや同権どころか、世の男性たちは形無しだ。女にワーワー言われれば、男は対抗できるわけがないのだ。

「でもまあ、お酒の好きな人がお酒を飲めないんじゃ気の毒ですね。……食べるものも節制しなきゃいけないんでしょ？」

「まあ、そうなんでしょうけど。でもね、叔母さんが言うには、お医者さんに言われて運動のために散歩くらいはしているんだけど、結局陰でおやつを買い食いしてるんですって。多少の運動をしても買い食いなんかするんだったら運動の意味なんかないわ、って。本当にしょうがないですよね」

「買い食い……大人のやることでも『買い食い』って言うんですか？」

派遣社員としてエイデンに行っていたときのこと。エイデンの中堅社員に工藤さんという、気のいい話好きのおじさんがいたが、私が休憩室でお昼を食べたりお茶をしているとすぐに寄ってきて、まじめとも冗談ともつかないくだらない話を始める。なかでも工藤さんが得意としていたのが奥さんの話だった。

工藤さんは恐妻家だ。奥さんは結婚前はおとなしく可愛らしい女性だったので、「俺が守ってやらないと」と思って工藤さんは彼女と結婚したそうだ。しかし、結婚してから彼女は豹変した。守ってやるどころか今や工藤さんは、彼女から自分の身を守らなければいけないほどだ。工藤さんがいかに奥さんの尻に敷かれているか、いかに奥さんを恐れているか、私はその日常を聞かされる。

買い物はいつもふたりで出かける。工藤さんが荷物持ちをするためだ。その際のルールとして、工藤さんは奥さんよりも常に後ろを歩かなければならない。夫はショッピングカートを押し、妻は買いたいものをカートに次々放り込んでいく。夫がうっかり妻より前に出ると、妻は夫を睨みつけたのち、黙って三歩うしろの位置を指で差し示す。すると夫は、あわてて指さされた位置に下がるのだ。

「え、どういうこと？　昔のことわざみたいに、三歩下がって影を踏んじゃいけないってこと？」

「ちがうちがう。そうじゃなくて、三歩うしろからカートを押していくと、奥さんが手に取ったものをそのままカートに投げ込むのにちょうどいい位置になるんだよ」

工藤さんの話は大げさなんだろうが、それにしても聞いているこちらは呆れてしまう。


しかし、ほんの少し前まではこんなふうではなかったと思う。先日友人とギフトショップで買い物をしていたら、彼女が独身時代に家の近所の工場で働いていた頃の話になった。友人は棚に並んでいるオルゴールを手に取りながら言った。

「働いてたのはこういうオルゴールを作ってる工場で、地元ではいちばん大きい会社だったからさ。工場長とか課長とか仕事もしないくせに威張ってて、『いやぁ、ごくろうさん』とか言ってはすぐに肩を触ってくるの。もうこーんなに、べたべた腕を回されてさ。お尻だって平気で触ってくるんだよ。一日中そんなことばっかりしてるのにお給料はたくさんもらってさ。ホントにいやだった」

本当にちょっと前までは、男が女に対してこんな態度をとるのが普通の世の中だったと、私もなんとなく記憶している。それ故になおのこと、形勢が逆転して世の男たちが女の顔色を窺わなければならなくなったさまが、淋しくも滑稽にも思えてしまう。

しかし、と私は自問する。男が女に威張るのが本来のあるべき姿かというと一体どうなんだろうか。鳥はメスよりもオスのほうが羽の色も鮮やかで美しい、というのはよく知られたことだが、先日テレビで、繁殖期のある鳥のオスがメスにプロポーズをするために、せっせせっせと立派な巣作りに励んでいた。そうやって、綺麗なオスが一生懸命作り上げた巣を、灰色の地味なメスがあちこち細かく点検している。

「何をもったいぶってるのかしら」

「本当よ。さっさとオーケーしてやればいいのに」

だが、画面のこちら側でその一部始終を見ている我々の思いをよそに、メスは非情にも飛び立って行ってしまった。鳥の世界ではメスがオスより威張っているようだ。生き物の世界では、必ずしも男が女より上にいるというわけではない。

そうだ、男性が女性に尽くしてくれるくらいのほうが世の中は平和ではないか。何も最近の世の男性は哀れだ、と私が気を揉むこともないのかもしれない。

平成25年6月

※エイデン……現在はエディオンに名称変更

頑張ってます

エイデンで派遣社員をしていたとき、当時お世話になっていた派遣会社の社長さんに何かの話の加減から、「古宮山さんはガッツがあるから」などと言われたことがあった。テヘ、エイデンのヘルパーなんて相当のんきな仕事をしていてガッツも何もないよね、とそのときはただの社交辞令として聞いていた。

しかし最近になって職場への行き帰りにそのことばがちょくちょく頭に浮かんでくる。あのときあんなふうに言ってもらったことが、今にしてうれしく誇らしく思えるのだ。そうか、ガッツは私の身上かも。ついにこうして、毎日歩いて通勤をしているではないか。

勤めていた百貨店が潰れてまた新しい仕事を見つけなければならなくなったとき、色々考えた末に、歩いて通える職場を探そうと決めた。採用面接の際に「歩いて通いたいので、募集が出ていた二店舗のうち駅前のお店で働かせてください」と言うと、「健康ブームですからね」とやや冷やかな笑い方をされた。あれから二年。面接をした店長はおそらくもう忘れていただろうが、初めての仕事や新しい生活パターンにようやく慣れたと見込みのついた私は、ついに二年間温めていた計画を実行した。あのとき面接で言ったように、維持費のかかる車を手放してノーカー生活に突入したのだ。今回なにがといって、二年間何の言い訳もせずに黙々と、自分の態勢を整えてきたことが誇らしい。まずはとにかく仕事に慣れなくては。果たして本当に車がなくても毎日通えるか、できるだけ歩いてみなくては。そうやってこの二年を過ごした。大口を叩いた割に結局ずっと車で通い続けている私を、内心店長は笑っているかもしれない。そう思いながらも、私はじっと時機を待っていた。そして三カ月前、両親には最後まで反対され、また職場では誰にも言わずに、ついに車を手放したのだ。リュックサック、日傘、懐中電灯、防犯用のホイッスル……あれこれと試行錯誤しながら、歩いて職場まで行き来するためのグッズも態勢も、ここにきてほぼ整ってきた。

ガッツでもうひとつ思い出した。ジャスコに勤めていたときに、私が高校卒業後一度就職してから大学に入ったという話になって、そのときの上司も「すげーな。なんという根性」などと、おどけて言ってくれたことがあった。ただ、高校から大学までのそのいきさつは私にとっては単なる行き当たりばったりだったので、そう言ってもらっても、そのときは正直まったくピンと来なかった。そう、「やっぱり高卒で終われない」と思いつきで職場を辞めたことも、「みっともない大学に入るのでは人から三年も遅れたことへの言い訳が立たない」と必死で国立を目指したことも、根性といえば根性だろうけれど、あまりほめられた話ではなさそうだ。

自分自身のあり方に長いこと苦しんで、ついには五年も引きこもりをしたあと、もう私はダメだ、と思っていたら、ある日突然やる気が出て社会復帰を果たした。あれから八年。この八年間が、やっと自信を持って初めて自分らしく生きてきた年月に思える。そう、この八年間の私は結構、ちゃんとガッツと根性で頑張ってきたかな。

アルプス園芸でひと月半の契約期間をやり遂げたこと。それは何も知らされずに急募・短期で勤め始めた、花の育苗と販売の、いわば個人農家だった。繁忙期の事務を頼むと言われて勤め出し、ジャンジャンかかってくる電話に出てみたらいきなり、母の日の花のプレゼントが届かないというお客の激怒にさらされた。なんとそこではコンピュータのシステムエラーのために、苦情の嵐が吹き荒れていたのだ。派遣会社に泣きつきながら、農家の社長とけんかしながら、先輩事務員さんに対応方法を教わりながら、何とか約束のひと月半を勤め上げた。

新しい派遣先がなかなか見つからなくて派遣会社から山向こうのエイデンを紹介されたときは、「そこって通えるんですか?」と驚いて聞き返した。峠越えの勤務だなんて考えたこともなかった。「一度行ってみたらどうですか」と言われて地図を見い見い、何とか辿り着いた目的地は片道一時間半。結局私はこの職場に、一年二カ月通うこととなった。道が凍結している冬の朝は十時からの勤務のために八時前に家を出て、日中雪がどんどん降り積もる日には現地のビジネスホテルに泊まったりしながら、山を越えて職場に通う毎日をやりくりした。

ゴルフ場のキャディも一年経験した。四十を過ぎて結婚もせず、せっかく編集部員として採用してもらった広告会社もあまりの激務のために辞めてしまい、私はこれからの人生をどうしたらいいか、途方に暮れていた。そんな時『今シーズンのキャディさんを募集します』という、新聞の求人広告を見たのだ。——今シーズン？　今シーズンということは今から十カ月くらいということだろうか——。真剣に進路を考える必要があった私にとって、それはちょうどいい期間に思えた。そうやって、あの時私はキャディになったのだ。

尤もゴルフ場にしてみれば『今シーズンの』ではなく『今シーズンはキャディさんを募集します』、つまり、新たにキャディさんを補充したいという記事を出したのだとわかったときには、もうすでに遅かったのだが。それはどういうことかというと、『研修中』の腕章を付けてコースを闇雲に駆け回る私にむかって、「新人さん、辞めずに頑張ってね」「今年さえ乗り切れば来年からは楽だよ」とベテランキャディさんたちが励ましてくれるのを聞くうち、つまり自分はいっときの数合わせ要員でなくれっきとした正規メンバーとしてここにいるのかと初めて気づいた、という迂闊な話だ。しかしその頃には、「今年しかやりません」とは、とても言えなくなっていた。だがとにかくその夏中、私はでっかいスカーフを被ってゴルフクラブを抱えながら、芝生の上を走り回る毎日を送った。最初は周りのベテランキャディさんたちから冷やかな態度をとられたりきついことを言われたりもしたが、シーズン終了が近づく頃には「古宮山さん頑張ったね」と褒めてもらったものだ。

この八年、色々な仕事とたくさんの職場を経験してきたが、こうして改めて考えてみるとやはり我ながら、自分の頑張りを讃えたい気もする。それ以前の何十年は何をするにも周りの歓心を得ることしか考えていなかったが、今は自分がどうしたいのか、自分にとってどうすることが正しいのかを第一に考えるようになった。そしてこうと決めたら、あとはひたすら頑張るのみだ。そうやって達成できたことは素直に嬉しいと思える。毎日休まず通ってアルプス園芸の契約満了日を迎えたこと。見知らぬ土地のエイデンで従業員の皆さんに信頼されて日々仕事ができたこと。新米キャディの自分が「キャディさん、ここはどうしたらいい？」と、お客さんからあてにしてもらいながらラウンドできるようになれたこと。今の職場でも、ひと回りも年が下の子に頭を下げながら初めて経験するウェイトレスという仕事を一生懸命教わって、彼女を含む同僚たちといいチームワークで仕事ができていると思う。

さて、キャディとして地面が凍る頃まで頑張って無事納会を済ませた私だったが、肝心の進路をまだ決められずにいた。来シーズンもキャディをやるためには冬のあいだのアルバイトを探さなければならない。ちょうどとなり町の百貨店で年末年始アルバイトを募集しており運よく採用されたが、会社更生法の適用まで受けるほどの窮状にあったその百貨店の社長から、ジャスコでの経験を活かして是非このまま社員として残って欲しいと口説かれた私はずいぶん悩んだ末、結局小売業界に戻ることにした。だが、改めてそこの社員として日々を過ごすうち、えびす屋はとても一筋縄ではいかないと感じるようになっていた。新入りの立場でこんなことを言ってはなんだが、話の通じない上司や同僚に「みんなこんなことも知らないの?」「売れない売れないって、こう販売のノウハウがないんでは売れないのも当たり前だ」と、毎日ウンザリすることばかりだったのだ。ところが、「上にのぼっていって私がえびす屋を何とかするしかない」と悲壮な決意が芽生えてきた頃、なんと会社廃業の発表がされて、私の決意もあっけなく幕引きとなった。

えびす屋に骨を埋める覚悟を固めかけていた私は正直ホッとした。今になってようやく私に自分の方向が見えてきたからだ。広告会社で自分の望む『文章を書く仕事』をしながらも、私はどうしても自分の時間が欲しいと切望したではないか。とにかく時間を確保しよう。収入を得るための仕事はなんでもいい。徒歩一時間足らずのレストランでパートとして働きながら私は最近、やっと文章を書き始めた。作家などというのはおこがましいけれど、やっぱり私がやりたいのは文章を書くことみたいだ。

そういえば昔、「将来は小説家になりたいです」などと卒業文集に書いたっけ。その後の私は迷いや苦しみの大海に溺れ続けるばかりで子供の頃の夢なんか海の藻屑と散っていたが、そう思うと三十何年も経って、結局振り出しに戻ってきた感じがする。

平成25年10月

土地の子

父が畑に植えて育てた菊が見事に咲きそろい、晩秋のその日は母と三人、お昼とおやつを広げて菊見の会を開いていた。

「今日が最高だよね。おとといはあのあと、結局雨降りになったもん」

「赤い菊はよくなくなってきたけど、この小さいほうの黄色は今がいちばんいいわね」

すっきりと晴れ渡った青空の下、白菜漬けや巻き寿司を頬張りお茶をすすりつつ、ワイワイとおしゃべりをする。菊の向こうでは、母と私が到着する前に父がこいだ落花生の株がふた畝、ごっそりと並んでいる。

「あ、お父さん。アンパンもあるよ」

「うん。あとでいい」

そんなやりとりをしながらふと気がつくと、掘り返してほかほかした土の上をカラスが一羽、チョン、チョン。こちらを窺うようにうろうろしている。

「こっちぃ来りゃぁいいじゃん」

カラスに向かって思わず声をかけた。そんな私を母がおかしがって笑い、カラスはなんとなくきまり悪そうな様子で向こうへ飛んでいってしまった。

もちろんカラスを誘うこと自体が馬鹿げているし冗談なのだが、今年の作物の出来ぐあいや甥たちがチビっ子だった頃の笑い話をしつつ畑で食べるお昼が楽しくて、ついカラスにまで声をかけてやりたくなったのだ。しかしそれ以上に我ながらおかしかったのは、自分の声のかけ方が、いかにも山方のおばさんのようだったことだ。

私の両親はふたりとも九州の出身で、父の仕事の関係上、私がまだ赤ん坊のときに故郷から遠く離れたこの地にやってきた。最初は社宅住まいだった一家が一軒家を構えたとき、我が家はここに根を下ろすと決めたのではないだろうか。小学二年生になっていた私は、この田舎の土地の山を切り拓いてできた、新興住宅地に住む子供となった。

だから隣近所の子供たちはほとんどみんなサラリーマン家庭の子供だったが、学校に行くと半数くらいは、古くからある農家の家の子供だったろうか。いずれにせよ士農工商などという身分制度は歴史の授業でしか知らないし、テレビとともに育ってみんながごく普通に標準語を話す私たち子供世代は、教室の中でも、昔からの土地の子とあとからやって来たよその子などというような差別意識を抱くことなど特になかった。ただ、団地に通じる農道を帰る道々、えのころ草を引っこ抜いたり稲の穂にとまるバッタを捕まえたりしながら帰る私たちを見て、「まったく柏木の子は」と農作業中のお百姓さんたちが顔をしかめる。そんなことをたまに母が口にすることがあって、柏木の子であることは何か多少不名誉なことであるらしい、と子供心に感じたものだった。

そういえばさっき「こっちぃ来りゃぁいいじゃん」と言って笑った私は、ごく自然にこの辺りのおばさんたちのことばを操る自分を少々得意に感じていた。お昼を食べ終えて父の畑仕事を手伝いながら、私は小学校の教室を思い出していた。

「おぉい、どういうでえ」

「えれぇおしょうしいなぁえ」

「かずあきさぁ、めたけえるじゃあ」

古くからの地区に住んでいる男子たちは、高学年にもなると好んで田舎のことばを使っていたように記憶している。その光景は子供のくせにやけにむさ苦しく、おじさんを通り越しておじいさんたちみたいだった。何を言っているのかよくわからない私など、彼らを遠巻きに眺めながら居心地の悪さを感じていたものだ。

だが、そうかと私は初めて気がついた。彼らはとても得意だったのだ。時代の流れで一律のことばしか使えない子供世代にとって、おじいさんたちが使う古くからの土地のことばを操れるということが、彼らにはとても得意だったのだ。あたかも玄人か事情通になったような気分で、男子たちはあの泥臭いことばを喜んで口にしていたのだろう。その証拠に、久しぶりにここ何年か地元でまた仕事をしている私も、「へえ行くじゃあ」「どういうで、ふんなことすんのかねぇ」「まぁずいやだ」……私の世代ではあまり使わない田舎ことばを好んで使いながら、そんなときはたいがい機嫌のいいときなのだ。

むかし、高校を卒業して一度農協に就職した私は、隣の地区の支所に配属された。私がまだ慣れない様子で生活センターのレジに立っていると、地元の組合員さんたちが私の素性を根掘り葉掘り聞いてくる。

「新人さん？　名前はなんていうだい」

「ねえさんとこもお百姓けえ？」

「おうちはどこでえ」

農協の職員となった自分が、お百姓と無縁のサラリーマン家庭の子であることも居心地が悪かったが、家がどこかと聞かれることもいやだった。

「竜川地区です」

「ほおー。竜川のどこでえ」

これがいやなのだ。農協と言えば、ザ・いなか、ザ・地元。そんな中にあって新興住宅地の柏木に住んでいるといえば、自分が農業とも地域とも全く無関係の、何も知らないよそ者だとばれてしまう。思えば、こんな私がよく農協に就職したものだ。

「大ノ原です」

どうしても柏木と言うのがいやで、こんなくだらない嘘をついたこともあった。いま考えれば自分のばかばかしさに呆れてしまうが、しかし見栄っ張りの私は、同じ状況になったら今でもやってしまうかもしれない。地縁、血縁を全く持たない心細さの中でやってきた私には、そうした後ろ盾のないことが弱味だからだ。そして一生懸命いきがって泥臭い土地のことばを繰り出していたあの男子たちは、そんな私と逆に、土地に根ざしているということに誇らしさがあったのだろう。木や草や花がそれぞれの土地の風土と共にあるように、人もその土地土地の気候や慣習の中で、生きているものなのだと思う。

平成25年11月

駅蕎麦の思い出

冬になり客数が減ったせいで、このところ平日は勤務時間の調整がされることがある。その日も二時で仕事を上がったが、このあと三時に予定があったのでお昼ごはんをどうしようかな、と考えていた。

「はいこれ。あんたの分の野菜」

職場のレストランでは、サラダ用の生野菜の色が少し変わると気前よく持たせてくれる。さらにその日は厨房担当者がバットを抱えながら、「これも持っていく？　お蕎麦に入れるとおいしいよ」と声をかけてくれた。その日の日替わりランチのメニューはカリカリに揚げたオニオンフライを載せた『アメリカンハンバーグ』というものだったのだが、その余ったオニオンフライも袋に詰めて、生野菜と一緒に渡してくれた。

そこで、久しぶりに駅のお蕎麦を食べに行こう、と思いついた。かけ蕎麦なら二百八十円だ。ビニールに詰めてもらったひとつかみの生野菜とこのオニオンフライを載せれば、安上がりでボリュームもあるお昼ごはんになる。「また明日」と職場を後にしてまっすぐ駅に向かった私は、五分後には駅の改札口の立ち食い蕎麦でかけ蕎麦を注文していた。二時過ぎの改札周辺はのんびりした雰囲気で、お蕎麦屋さんにほかにお客はいなかった。ひとつだけ置かれた片隅のパイプ椅子に腰を下ろして、やがて渡されたお蕎麦をすすった。

子供の頃から、ここで食べるお蕎麦が好きだった。

あれは保育園に通っていた頃だろうか。それとも小学校の二年生くらいだったろうか。まだカウンターに背が届かず、カウンターの下に荷物置きとして渡された板の上に、母がかけ蕎麦のどんぶりを置いてくれた。そうしてその一杯のお蕎麦を、母と二人で分け合って食べたことがあった。あの時は兄も弟もいなくて母とふたりだったが、どこへ行った帰りだったのだろうか。その頃の父親たちがみなそうであったように、我が家の父も子供たちのことは母任せだったから、当時母子はどこへ行くのでも、歩くかバスに乗るかしかなかった。あの頃の母とのお出かけといったら、隣町の歯医者か駅前の耳鼻科か、あるいは誰かのお見舞いに行くのに一緒に連れて行かれるとかせいぜいそんなところだったが、あの時もそのどれかだったのかもしれない。一時間も二時間もの道行きは幼かった私はもちろん、子供の手を引いて用足しをする母にはそれ以上にくたびれるものだったろう。疲れたし、お腹も減った。終点の駅前バスターミナルでバスを降りた母は駅のお蕎麦を食べていこうと思い立ち、私の手を引いて駅の改札口に向かったのだろう。

当時何の店に依らず商店は駅周辺にあったし、バスに乗って隣町にいくのでも駅前が発着地点になる。だから、三、四十分かけて辿り着く駅は子供の私には決して近くはなかったが、何かしら訪れる場所ではあった。それでも駅のお蕎麦はそう頻繁に食べられるものではなかった。口数の少ない子供だった私は、ただ黙々と蕎麦を噛み汁を飲んだ記憶しかない。だが、薄暗くあまりひと気も多くない暖簾の前で、気持ちも体もくたびれながら、でも食べさせてもらったお蕎麦のなんとおいしかったことか。あのときのそんな気持ちや光景は、ずっと私の心に残るものとなった。

たっぷりの生野菜は熱い汁に浸ってやわらかくなり、オニオンフライからは旨みが出て、特製蕎麦の出来は上々だった。向かいのキオスクでは店員さんが今運ばれてきた雑誌の束をせわしげに並べており、待合所には列車の到着を知らせる駅員さんのアナウンスが流れている。あとからやって来たサラリーマン風の男性が自動券売機で食券を買って、パイプ椅子に腰掛けて悠々と蕎麦を食べている私を尻目に急いで蕎麦を掻っ込むと、「ごっそさん」と去っていった。

ああ、おいしい。思えば、駅のお蕎麦にはけっこうお世話になってきた。東京で学生をしていた頃は、アルバイトに行く前の腹ごしらえに駅のホームで必ずお蕎麦を食べたものだ。どういうわけかあの駅のお蕎麦屋さんは頼みもしないのにたっぷりのネギを入れてくれたので、素直でまじめな女子中学生にドリルの説明をしながら、自分の息がやけにネギ臭くて困ったものだった。多分あの頃の私は、「ネギを入れないでください」程度のこともうまく言えなかったのだろう。

そういえば、とのんびり汁をすすりながらまた思い出していた。五年くらい前に、ここですごくいいことがあったっけ。

サービス業の私はお休みのその日、寝坊でもしてまだ朝ごはんを食べずにいた。ダラダラ過ごすうちに昼近い時間になり、買い物がてら駅のお蕎麦を食べに行こうと思い立って家を出てきていた。ああ、お腹が減った。お腹ペコペコ、たくさん食べたいな。いちばんボリュームのあるのにしようかな。いつもだったら天ぷら蕎麦だけど、玉子も載っけようかな。それでも足りなければ……――食券の券売機の前で私は、ボタンに書いてあるメニューの文字をじっくり検討していた。

「ああ、そうなんですか。……なるほど、そうですか。……僕これから昼を済ませてそちらに向かおうかと思っていたんですが。……ええ、ええ、わかりました」

暖簾の横では若くて背が高くてスマートな様子のサラリーマンが、きびきびと携帯電話で仕事のやりとりをしていた。駅蕎麦の周辺ではありがちな光景だ。やがて電話を切った彼は、まだぐずぐずと品書きを検討している私の前になぜかつかつかと歩み寄ってきた。

「あのう。すみません」

「……は？」

「これから蕎麦を食べるんですよね？」

なにごとか。見知らぬイケメンに自分のこれからの行動を問いただされ、私はどぎまぎした。

「失礼ですけど、僕これから急な仕事で注文した蕎麦を食ってる時間がなくなってしまったものですから、まだ手をつけていないのでこれを食べてくれませんか」

え？　頭も体も休日モードだった私は、急いで体勢を立て直しにかかった。おそらく多分、この人は、自分のお蕎麦を私にくれるって言っているのだろうか？

「そうですか。………じゃあ、それをいただきますからお金を払います」

まだ半分ボーっとしながら、今日はこんないい加減ななりをしていますが、私だって一応まともな社会人なんですよ、という顔をする。

「いえいえ、かえって助かりますからお金はいいんです。じゃあこれ、食べてください。失礼します」

彼はあたふたとそのまま行ってしまった。

え、いいのかしら？　じゃあ、お腹ペコペコだから、ゆで卵やコロッケなんかの一品料理でもあればおまけを注文しようかなあ、などと思いながら譲り受けたどんぶりを覗いてみると、中味はまさしくお腹ペコペコの私が食べたかった、全部の具を載っけた豪華蕎麦だった。天ぷら、月見、山菜、わかめ。

やったー。こんなことってあるの？　うわーうれしい。すごーい。

これが私にあった『すごくいいこと』だ。この嬉しい出来事は当時周りにいたすべての友人にしゃべったのだが、ごく最近「新蕎麦の季節になったね」という会話をした折にも知り合いに語って、「ふふ。前にも聞いたよ」と笑われた。

駅のお蕎麦ってやっぱり好きだ。おいしいのはもちろんだけれど、こんなふうに色んな思い出と結びついているせいか、ズルズル啜っているうちに懐かしい気持ちが湧いてくる。

平成25年12月

韓国ドラマ考

私はもともとミーハー的な要素の薄い人間だけれど、韓国ドラマに関しては手放しで、流行りもの、恋愛もの、コメディー、ホームドラマ、と気の向くままに観まくっているし、韓国のカッコいい俳優陣も大好きだ。韓国ドラマについてはいくらでも語りたいことがある。おばさん趣味だと笑われる向きもあろうが、今回は思うさま韓国ドラマについて語ってみたい。

そもそも韓国ドラマを観るようになったのは、この世のすべてに心を閉ざして、もう何年もうちに引きこもっているときだった。生きることに疲れきって何もかもがむなしく、自分の人生に絶望して、当時私は人生を終わりにしたいと切望していた。焦げたものを食べればガンになると聞いて母の眼を盗んでできるだけ焦げたところをせっせと食べたり、引き出しから色んな薬をかき集めては大量摂取したり、コンセントとプラグの間に濡らした指を差し込んでみたりと、何とかうまい具合に死んでしまえないかとせこいことを繰り返していた。あるいは、生きたくても生きられない人がいるのなら私の分をすべてその人たちに回してやってほしいと真剣に念じた。しかし恨めしいほどに、命はしぶといものだった。私にしがみついて離れない人生を、時間を憎みながら、何ひとつにも心が動かない。何も、したいことがない。朝が来ると、ああ、また一日が始まってしまった、今日が終わるまで、どうやって過ごせばいいのか、と情けなかった。

そんなつらい数年を過ごしていたある日、たまたまテレビをつけて初めて心が動いたのが韓国ドラマだった。最初に観た韓国ドラマが何だったのか今では全く覚えがないが、見知らぬ遠い世界に住む市井の人々が、それぞれの人生を生きているさまに惹きつけられた。その日から、初めて私に予定ができた。毎日その同じ時間にテレビをつける、一時間だけドラマを観る。それからしばらくの間というものは、私は本当に、そのためだけに生きていた。韓国ドラマによって私は自分を取り戻した、と言ったら言い過ぎだ。私の疲弊、苦しみは多分ようやくその頃底をついてきていて、そのときにたまたま出会ったのが韓国ドラマだったという事なのだろうと思う。しかし、韓国ドラマが、私が立ち直るきっかけになったのには間違いない。

その引きこもりの日々に、最初から最後までしっかりと通して観た、そして心に強く焼きついたのが『秘密』だった。暗く重苦しい物語の中で、キム・ハヌル演じる主人公の健気さ、可憐さに心が吸い寄せられた。やがて、韓国ドラマに救われた私は引きこもりから立ち直り、やっと自分の人生を新たに始めるようになった。だがその後の私の日々も、韓国ドラマがともにあった。

韓国ドラマに魅力を感じた私はもっと色んなドラマを観てみたいと思ったが、しばらくは機会に恵まれなかった。『冬のソナタ』というタイトルを耳にしたのはそんな頃だったが、そのドラマが流行っていると聞いても、テレビチャンネル数の少ない田舎でインターネットとも無縁に暮らす私にとって、それは噂のようなものでしかなかった。がやがて、私の住む田舎でもやっと『冬のソナタ』の放映があった。その際に初回から最終回までをすべてビデオテープに録画した私は、テレビ放映終了後も飽きることなく繰り返し、『冬のソナタ』を観た。

幾つかのドラマが少しずつテレビで放映されるようになると、都合がつく限り韓国ドラマを観た。『美しい彼女』『オールイン』『夏の香り』『美しき日々』『悲しき恋歌』。ことに『悲しき恋歌』は万全の体制を整えて、一回の見落としもないように大事に大事に、テレビの前に毎週座った。深夜の時間帯にも、テレビ欄にそれらしいドラマタイトルが載っているとテレビをつけてみた。名作『初恋』はそうやって観た。しかし、田舎のテレビで放映される韓国ドラマの数など限られている。私は『冬のソナタ』のビデオを何十回も観ることとなった。

そんなころ派遣社員として勤めた職場に、やはり大の韓国ドラマ好きのパートのおばさんたちがいて大いに話が盛り上がったのだが、彼女たちがキム・レウォンとかキム・ジェウォン、『ウェディング』に『ラブストーリーインハーバード』など、私の全く知らない俳優やドラマタイトルを次々挙げるので、なぜそんなに色々知っているのかと思ったら、ビデオショップで韓国ドラマが借りられるとのことだった。

以降私も、自分が観てみたい韓国ドラマを、自分で選んで観るようになった。ただ、当時は一本270円もしたレンタルビデオを一度にそうたくさん借りられないので、連続ドラマよりも映画を借りることがよくあった。『猟奇的な彼女』『永遠の片想い』『私の頭の中の消しゴム』。そうしてだんだん俳優や女優の名前も覚えていくと、好きな役者さんの出ている作品に手が伸びたりもしていった。ドラマ『ハッピートゥギャザー』は、人と人のしがらみ、貧しいことの悲しさ、人を愛することの苦しみや喜び、そんな、人生のすべてが詰まったような傑作だが、その出演俳優たるや、イ・ビョンホン、ソン・スンホン、チョン・ジヒョン、キム・ハヌル、チャ・テヒョン、パク・イナンなど、のちに揃いも揃ってトップスターとなる人たちが集結している。おそらく数年後だったらとても考えられないキャスティングだったろう。

その『ハッピートゥギャザー』のなかに大好きなセリフがある。どん底から這い上がれないお人好しのテプンを毛嫌いするその弟ジソクに対し、ふたりを見守る近所の親父さんがジソクを諭して言う場面。「テプンの奴ときたら世話になってもなりっ放しで何も言いやしない、ひどいもんさ。それでもあいつを憎いと思わない。苦しいときには世話になり、余裕が出来たら恩を返せばいい。それが、世の常だ」。儒教が生活の中に深く浸透している韓国では、日頃ごく当たり前に市井の人々が助け合いながら生きているのだろう。人情滲む親父さんの言葉に感動した。

自身が縁遠いわりに、私は恋愛ドラマも大好き。『フルハウス』は韓国でも大人気だったというラブコメディで、トップミュージシャンのピと人気女優のソン・ヘギョが共演を果たしたことでも話題を集めたそうだ。実際ピとソン・ヘギョは熱愛説も出たそうだがとにかく二人のやりとりが楽しくて、喧嘩を繰り返しながらも心を通わせていくふたりの恋の行方を、我がことのようにハラハラしながら見守ってしまった。

『冬のソナタ』はユン・ソクホ監督による映像美という点をよく言われるけれど、映像の美しいドラマというのも魅力的で惹きつけられる。同じくユン・ソクホ監督の『夏の香り』は、やはり美しさという点において秀逸だと思う。まぶしい夏の日差しの下で主人公らが生き生きと仕事をする場面をはじめ、緑陰濃い木立の中を歩む場面の涼やかさ、お茶の棚田が広がる景色など、美しい映像がいくつも心に残っている。ストーリーがいまひととつの割に『ホテリアー』というドラマが大好きなのは、一流ホテルという特殊な舞台で働く人たちの様子が生き生きと描かれていて魅力的なのと同時に、やはり映像が美しいせいだろうか。ホテルの敷地を彩る植え込みの緑、雨が降りしきる情緒的な風景、ライトアップされた豪奢な中庭に虫が飛び交っている夏の夜。ソウルホテルの舞台となったのは何というホテルなのだろう。韓国に行く機会があったら、あの美しいホテルにぜひ泊まってみたい……。

そして、韓国ドラマで忘れてはいけないのが歴史もの。なんと言ってもまずは『宮廷女官チャングムの誓い』だろうか。NHKで放映されて日本でも大人気となったこの作品は、もちろん韓国内においても大変に人気を得たようだ。いまさら、と思いながらたまに借りてきて観てみても、『チャングムの誓い』はやはり素晴らしく、何度観ても飽きることがない。ほかに私の観た超大作で面白かったのは『善徳ソンドク女王』『薯童謡ソドンヨ』『商道サンド』。王位をめぐる陰謀、政治の駆け引き、身分の違いによる悲恋、ライバルを蹴落とすために張り巡らされた罠。これでもかこれでもかと主人公を苦しめる試練が続き、こんなことってある？　まさかここまでする？　恐ろしや朝鮮王朝、などと呆れながらも、ますますのめりこんで観てしまう。

さらに、大作というほどではないけれど、お気に入りの歴史物に『一枝梅イルジメ』と

『風の絵師』がある。『一枝梅』は大好きなイ・ジュンギがまた素晴らしい演技をしている秀作であり、一方の『風の絵師』はよく練られたストーリーに引き込まれるうえ、宮廷絵師という特殊な世界への興味も作品をさらに面白くしてくれる。

韓国ドラマで面白いジャンルがシットコムというものだ。シチュエーションコメディーというこの枠は日本ではむかし三谷幸喜が実験的に取り組んだことがあったが、あの『HR』以外のものを私は知らない。だが、韓国ではシットコムは人気ジャンルのようで、例えばシリアスものの常連俳優さんなどシットコムに出てハチャメチャな演技をすることで、それまでのイメージを破って人気を博すこともあるらしい。だいぶ前に何気なく借りた『順風産婦人科』という、一話完結型のドタバタコント。キム・レウォンやソン・ヘギョら人気俳優を起用して気楽に観れる面白いビデオだったが、重たい大作ドラマを観終わった後など、『順風産婦人科』みたいなものが他にもないだろうか、と思うことがしばしばあった。残念ながら日本のレンタルビデオショップには、韓国のシットコムがそうたくさん置いていない。しかし、面白いシットコムを求めて韓流コーナーを徘徊していた私はついに最近、最高に面白いものに出会った。それはまだ準新作のラベルが剥がれていない割と新しいシットコムで、『スタンバイ』というタイトルだ。歴史ドラマ『薯童謡』で冷徹な悪役を演じていたリュ・ジンが、テレビ局を舞台にしたこのコメディーではダメアナウンサーとしてとことん間抜けぶりを発揮している。そのマヌケぶりは爆笑間違いなし！さらにリュ・ジンと並んで滑稽な役どころに徹しているのが、企業ドラマ『ヒーロー』で冷酷非道な大企業の会長に扮していたチェ・ジョンウ。妻に先立たれた男やもめでリュ・ジンの父親として親バカぶりを発揮するが、息子を思うあまりあれこれと悪だくみをしても、やることなすこと失敗してはまわりの顰蹙《ひんしゅく》を買う。

ところで、『スタンバイ』にはそれまで見たことのなかった十代二十代の若い子たちがたくさん出演しており、彼らイム・シワン、コ・ギョンピョ、チョン・ソミンらの溌剌とした活躍ぶりを見ていると、イ・ビョンホンやキム・ハヌルなど私の好きだった俳優さんの時代はもう昔になったのだ、主役がすっかり入れ替わったのだと感じる。また、作品のカラーというものも大きく変化した感じがある。しかし、『ハッピートゥギャザー』だって１９９９年作品で２０１２年作品の『スタンバイ』からたかだか13年遡るだけなのだが、おそらく韓国におけるこの13年というものはほかに類を見ない激動期であり、この間に人や世の中のありようが劇的に変わった、ということなのかもしれない。

困難を乗り越えて高みを目指そうとする、人々の懸命な思い。いまや日本においてはそんなものが姿を消して、厭世的な空気が充満している。それゆえ韓国という国に魅力を感じてきたのだが、これほど激しく移り変わっていく韓国を思うと、あとどれくらい韓国ドラマはその魅力を保ち続けるだろうか、という危惧を感じる。しかしそれにしても、そろそろ私たちの国も自前で、生き生きとした魅力を放てないものだろうか。

平成26年2月

リュ・ジン考

最近、リュ・ジンが好きだ。

リュ・ジンはソン・スンホンにも劣らない端正な顔立ちの韓国人俳優だが、2012年版の韓流スター名鑑を見ると、その掲載枠はソン・スンホンの五分の一程度しかない。たしかにこのスター名鑑を購入した当時、私にとってもリュ・ジンという俳優さんは大したことのない位置づけだった。

私が初めてリュ・ジンを見たのは、『冬のソナタ』でおなじみユン・ソクホ監督の四季シリーズドラマ、『夏の香り』の中でだった。そこでのリュ・ジンは、実業家の長男でグループの会社運営も担う、デキる男性チョンジェ、という役どころだった。ソン・イェジン演じるヒロインは、幼なじみであるこのチョンジェとごく自然の流れで婚約したのだが、ある日旅先で出会った青年への思慕を抑えられなくなっていく。リュ・ジンのライバルとなるその美しい青年が、考えてみればまさに、前述のソン・スンホンであった。

このときリュ・ジンが演じたチョンジェは嫌味なほど完璧な男性だった。背が高く整った顔立ち。仕事はできる、育ちはいい、恋人には優しい。おまけに、婚約者の心に入り込んだ優男に対してもフェアな態度で向き合おうとする好男子。それなのに、切ないまなざしでソン・イェジンを見つめるスンホンのほうに、私たち視聴者は肩入れしてしまうのだった。

それ以来、私は長らくリュ・ジンを見かけていなかったが、その名前だけは記憶していた。「カッコいいけどそれだけの人」というイメージで。だから、去年の夏に借りたビデオ『薯童謡ソドンヨ』で、悪役を見事演じきっていたリュ・ジンに驚いた。

『薯童謡』は百済と新羅ふたつの国を跨《また》いで繰り広げられる、愛と復讐の壮大な歴史ドラマ。主人公のソドンは、本人もそれと知らないが百済王の落し胤《だね》。王室の、渦巻く陰謀や姦計の中、ソドンたち百済の研究者は命の危険にさらされていた。そこでこの研究者集団「太学舎」一行は百済を逃れ、身分を隠して新羅の山里に隠れ住むことになるのだが、このときの混乱に乗じて、一行の中に新羅の王族サテッキルが紛れ込む。この、サテッキルを演じた俳優がリュ・ジンである。

サテッキルは新羅より先行する百済の技術を盗むため、「太学舎」に入り込んだのだ。百済からの亡命者を装い、彼らと苦楽を共にして暮らすサテッキル。サテッキルとソドンは太学舎の中でもいいライバルとして互いに成長していくが、やがて新羅王の三女ソンファを巡って対立するようになる。ある日偶然出会ったソドンとソンファは身分の違いを超えて惹かれあうようになるが、そんな二人を見るサテッキルの心中は穏やかでない。実は昔から密かにソンファに思いを寄せていたサテッキルは、任務を成功させた暁にはソンファを妻に貰いたいと新羅王に申し出て許され、密偵という辛い仕事を引き受けていたのだ。

十年の月日を新羅に隠れ暮らした太学舎の一行は、百済王室の情勢変化によりついに祖国への帰郷を果たす。一方太学舎を抜け出し町に戻ったサテッキルは、家門が新羅王室の謀略に巻き込まれて取り潰されたことを知り、愕然とする。新羅への復讐を誓うサテッキル。新羅から逃げ延びたサテッキルは、素知らぬ顔をしてふたたび百済の太学舎に合流した。しかし百済でもサテッキルの心を乱す運命が待ち受けていた。自分からソンファを奪った恋敵のソドンが実は前百済王の落し胤であり、正当な百済の王位継承者だという秘密を知る。王族の自分は身分をはく奪されたのに、孤児だと軽く見ていたソドンばかりになぜ幸運が舞い込むのか。嫉妬に怒り狂ったサテッキルは、こののちソドンの行く手を阻むために破滅への道をまっしぐらに突き進んでいく……。

自国を強くするのだという使命感を胸に、自ら辛い仕事を買って出た誇り高く怜悧な貴公子が、なぜ道を誤っていったのか。知的で爽やかな風貌の太学舎研究員サテッキルが、運命に翻弄された末ついに復讐の鬼と化していくさまはなんとも悲しかった。木で鼻をジェよりも今回は遙かに、敵役のリュ・ジンのほうが際立っていた。

括ったようだったリュ・ジンがこんなに切ない悪役を演じるのかと、主役のチョ・ヒョン

歴史超大作『薯童謡』を観終えた私は、今度は出来るだけくだらなくて馬鹿馬鹿しいドラマが観たくなった。以前観たシチュエーションコメディ『順風産婦人科』は、気楽で結構面白かった。あんなかんじに肩の凝らない楽しいものはないだろうか。そうして見つけたシットコム『スタンバイ』はなんという偶然、主人公のテレビ局アナウンサーを、リュ・ジンが演じていた。

『夏の香り』では美しい映像を背景に、颯爽と青春ドラマの中心にいたリュ・ジンだったが、『スタンバイ』では「おじさん」呼ばわりされるドジな四十男だった。ところが、これがなにしろ面白い。リュ・ジンって「正統派美男子」かと思っていたけど実はこんなにダメ男だったのか。バカ笑いしながらついそう錯覚するほど、今回のリュ・ジンはまぬけなアナウンサーに徹していた。でも実際に、案外リュ・ジンって、普段も飾り気のない気さくな人なのかな？　『夏の香り』から『薯童謡』『スタンバイ』を経て、この俳優に対する私の好感度はグンと上がった。

さて、今観ている『めっちゃ大好き』も、リュ・ジンがメインキャストを演じるとても

素敵なドラマだ。大統領の一人息子という身分を隠して一介の病院医師として働く、心優しく誠実な男性。若年性アルツハイマーになってしまった妻の介護に心身をすり減らす毎日のなか、既婚者だと知らず自分に恋をしたいじらしい田舎娘に、彼自身もやがて惹かれていく。柔らかくやさしい雰囲気、苦しみを押し隠しておどける姿、ボンスンに対して芽生えた、自らの思いに動揺する表情、日頃は周囲から軽く見られる人の良い笑顔が、「御令息」の表情を纏《まと》ったとたん放つ近寄りがたいオーラ。そして何よりも、正義感や愛情に突き動かされて駆け出していくまっすぐな姿に、私もボンスンになった気分ですっかり恋してしまった。

うわー、リュ・ジンって素敵！　いつの間にこんなにカッコよくなったんだろう。『夏の香り』のときにはただ顔だけって感じだったのに。

だが、そう思って調べてみると、『夏の香り』が２００３年作品なのに対し、『薯童謡』は２００５年、『めっちゃ大好き』は２００６年、最新の『スタンバイ』が２０１２年。案外順調に役者さんとしてのキャリアを積んでいる感じがする――そうか、「カッコいいだけ」の『夏の香り』の二年後には「悲しき悪役」を演じた『薯童謡』になるんだから、作品との巡り会わせっていうこともあるんだろうな、てっきり『夏の香り』ののち相当な役者人生を歩んで『薯童謡』のサテッキルをやったものと思った。そして次の年がこの

『めっちゃ大好き』かあ……。こうしてみると、成長していい俳優さんになったというよりも、もともと素晴らしい素質と人間性を持っていたリュ・ジンが、色々な作品に出合いながら俳優としてのキャリアを積み重ねている、というだけのことなのかもしれない——。

リュ・ジンを巡って、ついいろいろ考察をしてしまった。韓流スター名鑑のリュ・ジンのプロフィールを見るとほかにも有名作品がズラズラと並んでいて、ソン・スンホンほどの活躍ではなくても、やはりリュ・ジンも一流俳優のひとりとは言えそうだ。ではあるけれど、あのルックスでありながら、案外主役でなくライバルという立ち位置が多い気がする。前に何かでリュ・ジンのインタビュー記事を読んでいたら、「カッコよすぎるということが僕の難点のようです、アハハ」みたいなことを言っていて、ちょっと、リュ・ジンったら。まあ、そうかもしれないけど。なんて思ったことがある。それにしても、私も韓国ドラマに詳しくなったおかげでドラマだけでなく、こうしてひとりの役者さんについて掘り下げることもできるのだ。

などと悦に入っている場合ではない。スター名鑑とドラマ事典をひっくり返してリュ・ジンのことをあれこれ考えているうちに、半日が終わってしまったではないか。

平成26年3月

店には色んなお客がやって来る

2階で使うのに2台目の掃除機が欲しいとこのところずっと考えていたのだが、今日は早い時間に仕事を上がったのでちょうどいいと、帰りにヤマダ電機に寄った。

先日めぼしを付けておいた掃除機の前に陣取り、右隣や左隣の掃除機と見比べ、ショーカードに書いてある吸引力や重量をチェックし、実際に持って重さを確かめたり七万円の値札のついた『プレミアム商品』なるものとの違いを考えてみたりと掃除機コーナーをひと通りうろうろするが、店員さんの寄ってくる気配がまったくない。

そもそも当初はすぐにでもお目当ての掃除機を買ってさっさと帰る気でいたのだが、考えてみると電化製品を買うのに店員さんの説明を一切受けないというのもなんだか物足りない。主通路に出て少し辺りを見回すと、たまに店員さんが通りかかりはするのだが忙しいのだろう、肩をいからせ唇を一文字に結んで、私の視線を拒んで足早に目の前を通過していく。店内にそれほどお客さんの姿は多くないのだが、店員さんはそれ以上に少ないようだった。

何とか見つけた携帯電話の勧誘員さんによると、販売員さんも交代で休日をとるので、平日は店内がすいているとは言え接客は手薄のようです、とすまなそうに説明してくれた。一万五千円程度の買い物をするのに接客を求めるのも悪いだろうかと思いつつ、掃除機の説明をしてくれる人がいたら呼んでほしいと伝えて、また掃除機コーナーに戻った。

待つこと十五分。ようやく販売員さんのアドバイスを受けて、結局目をつけていたものの右隣に並んでいた掃除機に決めて、商品をレジまで運んでもらった。

「ではこちらでお会計をお願いします」

「ありがとうございました」

次のお客さんの相手をするために、販売員さんは足早に去っていく。

レジ担当者も、今日はひとりしかいなかった。きりっとした顔つきの主婦パートとおぼしきスタッフさんが、私の前の男性客を会計している。

「領収書ちょうだい」

と、五十代後半くらいの男性客が言っていた。

「かしこまりました。お名前はどちらさまでしょうか」

「名前は書かなくていい」

「いえ。お名前は書かないといけないものですから」

「ええ？　そんなこと言って……。書かなくていいって」

このあたりから雲行きが怪しくなってきた。

でも、どうせあとは会計をするだけだしこの男性が終われば自動的に私の順番が回ってくる。掃除機を持ってうちに帰るだけで急ぐ必要の何もない私は、のんきなものだった。しかし案外、ポイントカードだとか保証書だとか割引券だとかサインだとか、ヤマダ電機のレジはひとりのお客に時間がかかるのだ。でもまあいいや。

「とにかく領収ちょうだい」

「はい。ではお名前をお願いします」

「だから、名前は何も書くなって！」

ごく普通のおじさんに見えた男性だったが、だんだんガラの悪い様子になっていった。

「それは出来ないものですから」

「ええ、一体なに言ってんの!?　どこの店に行ったってそんなの言われたことないよ」

まあたしかに。私の勤めるレストランでも会計時、名前なしの領収書を求められることはあるが、それを断ったことはない。正直あまりいい気はしないのだが。

「松本店に行ったってどこに行ったってそんなこと言わないよ」

自分はヤマダ電機の上得意だ、とでも言わんばかりの口ぶりだ。

「早く出して」

「お名前なしで領収書をお出しできないことになっているんです」

困った様子をしながらも、レジの女性もできないの一点張りだ。なかなか頑張るな、凄んで見せるようなよろしくないのは『上の者を呼びます』とか言って逃げちゃえばいいのに。

「じゃあもう要らない」

「は？　よろしいですか」

「商品も要らないよ、そんなら」

へえー、そうなんだ。なんと短気な人かしら。名前のない領収書を発行できないのがこの店の決まりなら、それはしかたないではないか。そのあたりの厳密な根拠はちゃんとは知らないけれど、それでも領収書には、本来あて名を入れることが筋だと思われる。

「えーっと。……ではご返金で」

あらー、もう支払いが済んだのを返金処理しなきゃいけないのか。大変だ、こんな変なのにつかまると。私だったら怒りと悔しさとヤクザみたいな客に対する恐怖やなんかで、うまくレジ操作も出来ないと思うな。しかし気丈な女性だった、レシートを睨みながら何かレジキーを打ちかけた。

「早く領収書出して！　どこの店もそんなこと言うところないよ⁉」

男はまたさっきのセリフを繰り返している。あれ、なに言ってるの？　商品要らないって言ってたじゃん。

少し離れた所で別のお客の相手をしていた『フロア長　青木』さんが、やっとこちらにやって来た。

「名前を書かずに領収書って出せないんですよね？」

「うん。……じゃあちょっと替わるから」

小声で短く言葉を交わすと青木さんが男性客の前に立ち、女性の店員さんは私の前に立った。

「お待たせいたしました」

顔つきがこころもち引き攣っているようにも見えるが、彼女は何事もなかったように掃除機のバーコードを読み取り、私の出したポイントカードと割引券を手に取る。

「割引券のこちらの欄にご署名をお願いします」

名前を書きながら「まあ、かわいそうでしたねぇ」とつい口をついて出ると、一瞬うろたえた表情を見せた女性はすぐにキッとした顔つきで、

「古い掃除機のお引取りはどうされますか」

やや震える声で言った。

「必要ないですけど……あ、もしかしたら古いハンディタイプのがまだあったかも。そういうんでも引き取ってもらえるんですか」

「はい、大丈夫ですよ。引換票をお出ししておきます」

同情めかした余計なことを言ってしまった、と私は反省していた。そしてふと目をやると、このきちんとした間違いのない仕事ぶりの女性の胸には『研修中　皆川』との名札があり、私は少なからず驚いた。


先ほどのガラの悪い男性客は、青木フロア長が店の決まりを侵して名前のない領収書を渡してやったのか、気づくととっくに姿を消していた。それにしても、あんなに領収書の無記名にこだわらなければならない理由は一体何なのか。会社経営をしたことも、後ろ暗い仕事に関わったこともない私にはさっぱりわからない。会社名を知られたくないなら自分の苗字を言えばいいのだし、それもいやなら皆がよく言う『上様にしておいて下さい』という手もあるではないか。ヤマダ電機T店だって、上様も不可とは言わないのではないか。一体、ブランクにした領収書のあて先に、後日自分でなんと書き込むつもりなのだろう？

大学を卒業して信州ジャスコに入社して以来、私はほぼ、サービス業にしか携わっていない。向いていない、と言われたこともあるし、自分でもまあそうかもしれない、と思いもする。大学を出て仕事を決めなければいけなかった頃私は自分を見失っていて、自分がどんな道に進んだらいいのか、まったくわからない状態だった。サービス業の世界に足を踏み入れたのはまったく偶々《たまたま》だったのだ。

でもこういう光景を見るにつけ、サービス業、一般消費者と関わる仕事は面白いな、という気がする。私だったら動揺のあまり作業が出来ない、という先ほどの感想とは逆のことを言うようだけれど。

私も販売員時代から今のウェイトレスに至るまで、色んなお客さんに当たってきた。そういえば、居丈高に文句を言うお客の目の前で返金処理する際に、手が震えて担当者サインができないということも、実際あったっけ。三、四年前に買ったコートをこの冬クリーニングに出したら縮んでしまったから返品したい、という女性客が来たときはびっくりしたし(しかも、当時の会社の方針のためやむなくこの返品は受けた)、若い男性客から今夜仕事が終わったら会ってもらえませんかと言われたこともある。今にしてみればどれもおかしな思い出だ。

もちろん、中には素敵なお客さんもいる。例えば半年くらい前。二十代の活発な女性とそのご両親、という感じの三人連れがレストランに食事に来た。

「お待たせいたしました。さくらんぼティーでございます」

「ほーお、これがさくら**らんぼう**ティー。……おっとおねえさん、カップの置き方が乱暴だな」

横にいた奥さんや娘さんが口々に、

「ちょっとお父さん、変なこと言うのやめてよ」

「ごめんなさいね、ダジャレを言いたいだけですから」

そう大騒ぎすると、お父さんはまた、

「いやいやすみません。ちょっと錯乱しちゃって」

と続ける。そしてこの手の親父ギャグに弱い私がケタケタ笑うのを見ると、

「お、すごく受けてるよ」

「よかったわねえ」

「長野はいい所だな。また来よう」

ほのぼのとした仲良し家族、という感じで、接したこちらも楽しかった。

何年か前に『いい奴、悪い奴、変な奴』というタイトルの映画があった。イ・ビョンホ

ン主演の韓国映画だからぜひそのうちビデオを借りてきて観たいと思っているのだが、映画はともかく、いい人、悪い人、変な人、店には色んなお客がやって来るのだ。
ちなみにこの映画、イ・ビョンホンが悪い奴で、いい奴を担当しているのは私の苦手なチョン・ウソンという俳優だそうだ。

平成26年7月

夏のある一日

父が畑から摘んできたニラが冷蔵庫にたっぷりあったので、冷やご飯と混ぜて焼いたニラ焼きをお弁当箱に詰めて、仕事に出かけた。

職場に着くと休憩室のテーブルの上にはやけにバカでかいミントの葉が、ビニール袋にひとつかみ入って置いてある。ははあ、店長だな、と思った。うちのミントはものすごく育ってお化けのようだ、と先日来言っていた。私に見せようと持ってきてくれたものらしい。その後忙しいランチタイムをバタバタとこなして、今日は二時で仕事上がりだった。帰り支度をしながら、ザバザバと洗ってちぎったミントの葉っぱをティーポットに突っ込んで、みんなにミント水を配ってまわった。ついでに、「休憩室のトマト、店長の家で採れたのだそうだからいただいていって」とふれ歩く。

休憩室で楢原さんとおしゃべりしながらお弁当を食べていると、「スープ飲むでしょ」と、厨房の矢沢さんがランチで残ったスープを持ってきてくれる。ニラ焼きとスープですっかりお腹が満たされて、私は職場を後にした。今日から近所の小学校は夏休みといよいよ夏も本番、しかもまだ一番陽の高い時間帯で、今帰っても日差しはきついし家でもダラダラするだけだ。書きかけの原稿と資料を持って来ており、そもそも今日は初めから、駅の空きスペースに設けられた休憩コーナーあたりで作業をするつもりだった。レストランから駅へ向かう途中にあるその休憩コーナーへ行ってみると、席は学生でほとんど埋まっている上にカンカン照りの日差しのせいで空気がムワッと熱くなっていた。「やはりここはダメだ」こんなこともあろうかと、私には次の策があった。

駅ビルの一角には『産業サテライト』というコーナーがあり、当市の工業、農業、商業と、その製品・加工品などを紹介している。普段あまり人の立ち寄らないそのコーナーは、静かで空調も効いていて、しかも先日気づいたのだが椅子テーブルがあるのだ。市の産業を知りたい観光客や企業人のためのコーナーだろうから、堂々と個人的な作業に使うこともできないかもしれないが、まあ様子を見よう。

しかし辿り着いた『産業サテライト』は、案に反してザワザワしていた。というのも、観光案内所と一体になっているため、今日はリュックを背負った観光客や先生に引率された子供の集団がその一角にあふれ、たくさんあるベンチや腰掛けもほとんど埋まっている。しかも目指す机は学生とおぼしき女子が受験勉強に使っているではないか。「学生は学校で勉強しなさい」内心そう、文句を言う。

仕方なく、ひとつあいている腰掛けに掛けて参考資料に借りてきたダイエットの本を開く。――五キロ多いということは五キロの米袋を体につけているということです……なるほど。満たされない心、ストレスを解消するために食べるのです……そうか。デブの主人公の家庭環境を、少し問題ありという設定にしたほうがいいだろうか――。書き始めている素人小説のこの先の展開に、私はあれこれと思いを巡らせた。

やがて十五分もすると、まずは子供の集団が、それに続けてふた組くらいの観光客が観光案内所から駅のほうに移動していき、辺りはずいぶん静かになった。あ、テーブルもあいた、移動しようかな。

ところが今度は急激な眠気が私を襲ってきた。ああ、眠い、だるい。ちょっと横になりたいな。でもまさかホームレスでもあるまいし、ベンチに寝転ぶわけにもいかないだろうなあ。ボーっとした頭で、ひと眠りするための算段をひたすら考える。だめだ、とにかくここを出よう。

ナップサックを背負い日傘をさして、快適空間からムワッと暑い戸外に出た。駅の脇の商店街を歩いて行くと、一角に小さな公園がある。やはりここしかない。

子供が四、五人、まさにここで遊ぼうとしていたが、もう何だっていいという気分だった。芝生はないけれど公園の一番奥の片隅に、隣の建物が作るわずかな日陰があった。

まっしぐらにその日陰に行くと、ナップサックを下ろして着替えの入った袋を取り出し、それを枕に、道路のほうに頭を向けてこっそりと横になった。ああ楽チン、よかった。正直これではやっぱりホームレスみたいと思ったけれど、幸い子供たちはこの変なおばさんを怖がる様子もなく、サッカーともドッヂボールともわからない遊びを続けていた。

グーグー眠るというほどではなかった。足元を電車がゴーッと何台か通っていき、上空では商店街の流すハワイアン音楽が流れている。ただ体を横たえこうして目を瞑ってボーっとしているだけで、とても楽だった。

しばらくして、ああすっきりしたと起き上がってみると、ほんの十分しか経っていなかった。そのまま着替え袋を今度はお尻の下に敷いて、また本の続きを読み始めた。先ほどとは違い今度はどんどん頭に入ってくる。三十分ほどで読み終わった。

まだまだ暑い帰り道をダラダラと歩いてたどりながら、それでも私は気分がよかった。お金はろくに持っていないけれど、格好にこだわらなければなんとしてでも生きていける、と考えていた。台所に転がっているものをおいしくいただき、自分にできるだけの仕事をし、疲れたり眠くなったらどこかの片隅を借りればいい。

かつて肩肘ばかり張って生きていた頃は、「人に頼らなきゃいけないことなんて何もない。なのに人の顔色ばかり見て暮らしていかなきゃならない人間社会なんかうんざりだ。

無人島に行って一人で生きていかれればいいのに」と、本気で思っていた。だけど考えてみれば世界中にはたくさんの人がいて、ひとりにひとつの島というわけにはいかないのだ。だから、同じ所に暮らす人たちとは譲り合ってうまいことやっていかなければいけない。それに、世話を焼いたり焼かれたりしながらワイワイやっていくのはとても楽しいことだ。この年になって、やっとそんなことがわかってきた。

家に着いたら、私あての荷物がひとつ届いていた。先日友人の好きな野沢菜やら寒天ゼリーの素やらを送った、そのお返しらしかった。荷物を開けてみると、中にはきしめんやらういろう……私の大好きなものばかりが入っているではないか。ああ、今日はなんていい一日なんだろう。

平成26年7月

簡素な暮らし

私は物を捨てるのが好きだ。特に金遣いが荒いほうでも、人より買い物好きなわけでもないが、気がつくと部屋には物がたまっている。「なんだか部屋がすっきりしなくなってきた」と思うと、何年かに一度、大々的にタンスや押入れをひっくり返す。そうは言っても一点一点を検討しながら捨てるものをまとめていくと、焼却所行きになるものはたいがいゴミ袋二つ分あるか無いかなのだが、それと同時に簡単な部屋の模様替えをかねて整理整頓を進めるうちに、部屋は格段にすっきりする。あとには自分の暮らしに必要なものだけが残り、自分と部屋、自分とモノたちの距離がぐっと縮まった気がするのだ。

毎日の暮らしの中で、物は知らない間に増えていく。スーパーに買い物に行っただけでも、まずはスーパーで渡されるビニールバッグ、そしてひとつひとつの商品のパッケージが、たとえば豆腐のパック、ビスケットの紙箱、野菜を一個一個くるんでいるラップやフィルム、靴屋さんで買ってきたスニーカーの外箱。結構な量のゴミになる。化粧品売場ではサンプルや景品、カタログを渡され、バスツアーに参加すると色んな観光施設の半券やパンフレット、浮かれ気分で思わず購入した名産品、ツアー会社が帰りがけに持たせてくれるちょっとしたお土産。贅沢とは縁がないけれどたくさんのものに囲まれて、一体自分が本当に欲しくて、あるいは必要で入手したものはどれだったのか、よくわからなくなってくる。その場の勢いでつい買ってしまった、などという浪費の類いもときにはあるし、日常生活を送ることは無闇に物が増えていくことなのだ、と自覚せざるを得ない。現代人の我々は、溢れかえるモノや情報に踊らされて生きている。

パソコンを買わなければいけない、としばらく前から言っていた職場の同僚がついに昨日新しいパソコンを購入したとのことだったが、その割に彼女は浮かない顔をしていた。彼女によると「べつに前のパソコンでよかったんだけど、ウィンドウズＸＰのサポートが終了しちゃうって言うから買わざるをえなかった」ということで、つまりインターネットを通してウイルスが入り込みパソコンが故障しても、古い型式のパソコンはメーカー側と面倒を見てくれないという理屈らしい。そしてメーカーは次々と商品のモデルチェンジをしては、古い型の商品を置き去りにしていく。我々消費者はメーカーの都合に合わせるしかないのだ。

私も数年前に『ブログ』というものをやってみたくなりインターネット環境を整えたことがあったが、図書館で借りてきた本を見い見い試みたブログ開設がどうしてもうまくいかず、そうこうするうちにブログ熱も醒めてしまい、月々NTTに余計なお金を払うのも馬鹿馬鹿しいと、結局ネット接続も引き揚げてしまった。あとは残ったパソコンをワープロとして使っているだけだ。調べものがあるときは図書館で申し込めば三十分単位でインターネット接続のパソコンが借りられるので、ネットショッピングもしない私にはそれで充分だ。メーカーの都合、ということで言うと、スマートフォンもそうだ。メール機能というものを備えた携帯電話が出てきたときには「なんと便利なものが出てきたことか」「御無沙汰している遠方の友人との距離がぐっと縮まった」と夢中になったものだった。しかしそのうちケータイもどんどん進化して、お財布ケータイだのワンセグだのGPSだの、「電話とメールだけできればいいのに、いらないものを次々付けて値段を吊り上げるのはやめてもらいたい」ということになっていく。しかも複雑になった分、前に使っていた携帯電話よりも使い勝手が悪い。そこに登場したスマートフォンだ。これ以上何が必要なのだ、と思っていたら、しばらく前にケータイの調子が悪い、と言っていた学生アルバイトが「新しく買ったスマホの使い方がよくわからないんだよ」とぼやいている。それみたことか、とばかりに私は言った。

「ほらぁ。用も無いのにスマホなんて買うからそんなことになるんだよ」

「だってさあ、ケータイショップに行ったら並んでるのはスマホばっかりだったんだよ。

もちろんケータイが全然無いわけじゃないけど、カタログだってケータイよりもスマホのほうがたくさん置いてあって、今からケータイを買っても世の中の流れに置いてかれる感じだったよ」

なるほど。どんなに調子よく使えていてもウィンドウズXPがインターネットの世界から締め出されてしまったように、いつか私の使っている携帯電話も、「ご使用の電波は規格外となりました」という、通信不能を知らせる音声テープしか受け付けないときが来るのかもしれない。このケータイが壊れてスマホしか選択肢が無くなったら、もう何も携帯せずに、固定電話と電報と手紙を通信手段として暮らしていこうか、と考えている。

自動車を売り払って一年が経った。両親と暮らす私は車庫に三台並んだ車を見ながら「なにも一人一台も持たなくても」と常々思ってはいた。そんな私が、会社が潰れて新しい仕事を探すに当たり、最初は『お給料のいい所』『大手企業』『スマートなイメージの仕事』などと闇雲に行動していたのが、やがて「車を持たなければ年収を七十万落とせる」という結論に達したのは至極当然だったのだろう。その結果、歩いて通える職場でパートづとめをしようと腹をくくることが出来、これが大正解だった。ゆとりのある今の暮らしに大変満足している。そして、車を持たない暮らしはなかなか快適だ。もちろん持っていたときに比べて不便ではあるが、自動車事故を起こす心配は皆無だし片道四、五十分の道行きはなかなか楽しい。というのも、歩くことは『歩行禅』といって、座禅を組むのに近い効能があるのだそうだ。通りかかった材木置き場でおが屑の香りを嗅いで子供の頃カブトムシを飼ったことを思い出したり、職場であったいやなことをぐずぐず考えているうちにどうでもよくなってきたり、歩いていると『無』というのになれるようだ。また、たまにはバスに乗る。あそこに行きたいのにどこの路線のどの停留所で乗り降りすればいいだろうか。帰りのバスに乗るのに一時間近く時間が余るけれど、どう時間をつぶそうか。車で行動していたときは気の向くままに思いつきで動き回っては時間を無駄に過ごすことが多かったが、いまは不自由になった分、計画的に行動するようになった。田舎で車を持たない人間はほとんどいないが、持たないなら持たないなりの暮らしをすればよい。

夏の暑い日の朝、「きのう持ち帰った制服を洗わなければ」と考えていた。その前日に洗濯機を回したせいで、他には大して洗うものがない。仕方なく外の水道にたらいと洗剤を持って行ってザブザブと手洗いをする。脱水機にかけるのも面倒でしずくを垂らしながら物干し竿に干したら、昼ごはんを食べ終わる頃には裏付きのズボンまですっかり乾いていた。我が家も何年も前から全自動洗濯機が当たり前になっているが、現代社会で生活していても、二層式洗濯機で充分ではないだろうか。冷蔵庫にしたって、近所のスーパーに今日明日の買い物だけに毎日通うなら、そもそも大型冷蔵庫なんて必要ない。時間と手間をかければ不要なものばかりの現代社会だが、時間と手間がかけられない暮らしを皆がしている。仕事が忙しすぎるからだ。ということはつまり、仕事の時間を減らせばいいのだ。給料が減るけれど時間が手に入る。時間が手に入れば買う必要のないものがたくさんある、まず車については実体験済みです、と言いたい。

『モモ』という、ドイツの児童文学がある。時間を盗まれて疲弊していく人々に心を痛めた浮浪児のモモが、時間泥棒に戦いを挑む、という哲学的なファンタジーだが、一世紀も前にミヒャエル・エンデが警鐘を鳴らしていたにもかかわらず、我々現代人は、この物語に出てくる善良な人々とまったく同じ失敗に陥っている。いくらでも心楽しく暮らせるのに、みんなが同じ、判で押したような暮らしをするだけのために、自ら疲弊することなどないではないか。

この世から時間泥棒を追い出し、自然や地球の恩恵に浴する簡素な暮らしをしませんか。

平成26年8月

☑後記

あとになってこの文章を読み返してみると、いかにも簡素な暮らしをすることは私が初めて考えましたみたいな書き方になっているけれど、「断舎離」の考え方ときっと一緒なんだろうと思う。その言葉の定義をちゃんとは知らないし、やましたひでこさんの著書も読んでいないが、2010年の流行語大賞にノミネートされていたというから、私が見識不足だっただけで、この文章を書いた時点ではとっくに世の中、特に都会では広く浸透していたスタイルだったのかもしれない。いかにものの知らずの一文のようで、改めて掲載するのにはややためらいもある。

それでも、私として当時自分なりに考えて行動していたことを、「断舎離」の実践パターンとしてこんな人もいる、というようにでも読んでいただければと思うし、同じ時代を生きる人間同士、考えることは一緒とでも思っていただければと思います。

名犬マキちゃん

徒歩通勤を始めてから、できるだけ車を避けるために裏道や狭い道を好んで歩くようになった。そんななか、町内の一角には崖と宅地の境い目を行くような細道が一カ所あって、そのうちのある一軒の庭には、毛のフカフカした大型犬が飼われている。これがまた、大変によく吠える犬なのだ。

「ワンワンワンワンワンワン」

「ごめんなさいねぇ。通りまぁす」

めったに人の通らないこの道は、犬にとっては自分の縄張りのようなものなのだろう。おうちは道から一段上がった高さに建っているので、犬は塀の向こう側から、どうかすると塀を乗り越えて、大きな体を乗り出して頭上から吠えてくる。

最初はこうワンワンワン、と吠えられるのが憂鬱でほかの道を回ったりもしたのだが、車を気にせず呑気に歩きたい身には、この道がどうしても都合がよかった。

「ワンワンワンワンワンワン」

「ごめんね、ごめんね」

「ワンワンワンワンワンワンワンワンワン」

「はいはい、わかったよ。うるさいよ」

こんなことを何回か繰り返すある日、陽の高い時間に吠えられながら関所を通っていたら、お向かいとおしゃべりしていたそのうちの奥さんが、

「こら。ワンワン言っちゃいけないよ」

と犬を叱ってくれた。それで、日頃肩身狭くこの道を通らせていただいていた私もこの道の通行権をいただけたような気がして、だいぶ気が楽になった。

やがて吠えられることにもだんだん慣れてきたある日、あら、この犬はもしかして私が来たのが嬉しくて騒いでいるんではないかしら、とふと思った。

「おーい、おはよう」

私の真横に飛んできた犬に向かって手を振ってみる。相変わらずワンワン吠えているが、見ると尻尾を振っているではないか。

「行ってきまーす」

犬の本心はわからないが、私は歓迎されていると思うことにした。以降、通りかかるたびに、行ってきます、ただいま、と手を振ってあいさつするようになった。不思議なもの

でこうなると、「ワンワンワンワン」と叫ぶ姿に以前は、「なんてしつこいんだろう。この根性悪め」と思っていたのが、今では「ああそう、そーんなに嬉しいの」と犬が可愛くなってしまった。帰宅の際は反対方向に歩いていく私についてきて、最後は壁と車庫のあいだから体を乗り出して別れを惜しんでくれる。

「また明日ねー」

やがて、この犬の名前が『マキちゃん』だと判明した。体が大きいしあんまり元気に吠えるからてっきりオスだと思っていたが、どうもメスだったんだろうか。

年末年始、職場は12月29日から年明け3日まで休みになる。28日の仕事納め以来、大掃除をしたり母と買い物に行ったりお年玉の用意をしたりと、簡単ながら私も世間の人たちと同様に、お正月を迎える支度をして年の瀬を過ごした。元日の朝、市内に住む兄の一家と合流して神社に初詣でに行き、そのままみんなで我が家に来てお正月の食事をした。あとはテレビを観たりゲームをしたりと各自が好きに過ごしている中、私は散歩に出ることにした。そもそも、年末に借りていたビデオをそろそろ返却しないといけない用事もあった。仕事を休んで四日目、リュックを背負った私はなまった体を動かしたくて、あちこち回り道をしながらずいぶん歩いた。帰途、それにしてもうちを出てからそろそろ三時間、いい加減歩き疲れたな、と思いながら気づくとマキちゃんの家の前に来ていた。町中には元日の午後のだらけた雰囲気が漂っており、この辺り一角も静かなものだった。誰もみな家のなかでテレビを観たり年賀状を眺めたり、あるいは私のように散歩に出たりしているのだろう。

「……ワンッ」

不意をつかれた、とばかり出てきたマキちゃんは、居眠りでもしていたのか、間の抜けた吠え方をした。あわてて私の目の前に飛んでくると「ワンワンワン」と吠えかかろうとしたのだが、その態勢からいきなり固まってしまった。というのも、私が、

「明けましておめでとうございます。今年もよろしくお願いします」

そう言いながら深々と頭を下げて挨拶をしたためだと思われる。

体を乗り出していたマキちゃんはびっくりして、いつになく正面に向かい合ったその顔も固まっている。目を見開き、口も開きかけたまま、「おめでとうございます」「よろしくお願いします」、二度頭を下げる私を前に、どうしちゃったのといった顔つきで混乱している。その様子はギャグマンガみたいで可笑しかったけれど、一方で私は、マキちゃんって頭がいいんだな、なんだか人間みたい、と思ったのだった。

お正月休みが明けて数日はまたいつもの道を、マキちゃんに吠えられながら通った。し

かし松の内が明けたばかりのその朝は、通常よりだいぶ出勤が早かった。いつもだったらレストランの開店する十時に間に合うように家を出ればいいのだが、その日はお弁当の大口の注文が入っているとのことで、開店前から作業をするために私は七時に家を出た。七時に出かける人なんてもちろん世間にはざらだろうが、サービス業に慣れきった私にとって七時の出動は異例の早さだし、冬の早朝に五十分歩くのはしんどい。ああ寒い、まだうす暗い、などと愚痴を言いながら歩いていくと、マキちゃんがあれっ、早いね、というように犬小屋から出てきた。

「ウワフッ」

そのままワンワンワンッとやらかすのかと思ったら、後ろを振り向いてご主人様の住まうお家を窺った。そして「まだ吠えたらいけないかな」というような顔をしたまま、結局黙って私を見送った。

私の徒歩通勤も季節が巡り、冬の澄んだ青い空、雪解け、桜の季節、梅雨などを経て、ついに一年がたった。この間に、最初は怒ってずいぶん吠えたマキちゃんが、やがて私の姿に慣れ、そのうちには見かけると喜んでとんでくるようになった。ところが最近は私に飽きてしまったのか、私がマキちゃんの家の前を通りかかっても、ちっとも姿を見せないか、あるいは犬小屋の外にいても知らん顔をすることが増えてきた。

平成26年9月

骨密度、というものが前から気になっており、機会があったら自分もいつか測定をしてみたいと思っていた。それが、ある日たまたま立ち寄った施設で、有料で骨密度と血管年齢の測定が受けられるということだったので、早速受けてみることにした。

『血管年齢』『動脈の詰まり』をみるＣＡＶＩ検査というものの値はよくなかった。「血管の硬さは五十代後半に相当します」「動脈の詰まりの程度は正常範囲ですが境界領域（ギリギリセーフ?）です」とのことで、いま48歳の私にとって血管の状態は思わしくないようだ。なんとかしなければと思う。

しかし、骨密度測定、体組成測定の結果はよかった。骨密度の１５３５は若年成人の平均値と比較しても98パーセント、同年の平均値に対しては１１２パーセントだとのことで「骨粗しょう症化の可能性は少ないです」。また体組成測定結果では、内臓脂肪はごく少なく筋肉量は多く、「三十歳女性の体に相当します」とのこと。

この結果は嬉しかった。私はもともと体を動かすのが好きなタチだが、それがよかったのではないかと思う。特に何かスポーツをしているわけではないが歩くのが好きだし、仕事もデスクワーク一辺倒というのは嫌なので、気づくとずっとサービス業で店頭に立ってきた。ことに昨年夏に車を手放して以来のこの一年は、職場まで片道五十分の距離を、毎日歩き続けてきたのだ。

それに現在は仕事上、瞬間的な負荷が大きくかかる日常を送っているように思う。おかげさまで繁盛店でウェイトレスをしている私は、日によってはランチタイム、収拾がつかなくなるほど店内がお客でごった返す。お客様を席に案内してオーダーをとってナイフフォークをセッティングして料理を運ぶうちにも、あちこちでお冷ややコーヒーのお代わりを頼まれ、ドリンクやデザートを作って運び、会計にとんでいき、帰ったテーブルの食器をさげなければならない。始終その有様なのに、人のいい店長は美人主婦の園田さんから「遊びに行く予定が入ったので明日はお休みさせてくださーい」と言われるといいよいいよとあっさり了承して、そんなときは残ったメンバーがさらにてんてこ舞いで働くことになる。もちろん大変ではあるけれど、アドレナリンを出しまくって瞬間的に次々判断をし、かがむ、振り向く、よける、駆ける、止まる、伸び上がる、と全身をフル稼働させる日常が、今回のいい結果につながったのかもしれない。

このように、体を動かすのが好きだというのは自分にとって非常に幸いだ。もっと言うと私は仕事をするのが好きなのだが、これは自分にとって本当に幸せなことであった。私はなぜか、いくつもの職場、いくつもの仕事を経験する人生を送ってきた。そしてどの仕事にもそれぞれ面白さがあって、何に関わっているときも仕事が好きだった。大卒後順調にキャリアを積んだ総合スーパーでは、売場長時代に二十歳くらいの若い後輩が「仕事が面白いと思えないんです」とぼやくのを聞いて少し驚いたものだ。「え？　仕事面白くないの？　文具の売場なら楽しそうなのに……それは気の毒だね」本当に気の毒だと思った。面白くないものはどうしようもないのだから。

売場に立つ前は四年間、総務課で事務を担当した。店舗の総務は、店舗の売り上げを管理する会計室と、従業員のお世話をする人事総務とに分かれていたが、大学を卒業したばかりの新入社員だった私は、そこで人事総務担当の辞令を受けた。当時、私の勤務する店舗の規模は、およそ社員が１００人、パートが２００人、アルバイトが50人。それぞれ管理形態や給与の支払い方法が違ったため、その勤怠管理はわりと面倒だった。まずは各売場から上がってくる一カ月単位のシフト表の入力。社員は売場の都合に合わせて毎日まちまちの勤務時間で働くし、パートはひとりひとり時間帯が決まってはいるが、休む曜日は一定でない。新月度に入る前に、そのすべてのシフト表の入力を済ませる。新月度に入ってからは、毎日のように上がってくるアルバイトやパートの遅刻や早退の届出を処理し、社員のシフトの変更や残業実績の入力。届出が上がってこないためにタイムカードの実績とずれているものについては各売場長に届出の催促をし、月度の最終日から二日後までには勤務実績を確定させて、本部の人事課宛にデータを送信する。

そのほかにも、各種の事務処理を抱える一方で、店舗にかかってくる電話はすべていったん総務に入り総務から各売場に繋いでやらなければならなかったため、『電話の交換』という面倒な業務も抱えており、三人のパートさんと共にこなす毎日の仕事はなかなかにストレスフルだった。しかしそれでも私は上司と雑談をしたおり、何かの話から「仕事って知的ゲームですね」などと生意気なことを言って苦笑されたのを今でも覚えている。新入社員の分際でよくあんな偉そうなことを、と今考えると我ながら冷や汗ものだが、でも当時の私は大真面目だった。ここここを繋ぎ合わせて、あそことここの間にはこれを持ってきて完成で、これについてはあれが解決するまで保留、このことはあの人に交渉してこう持って行こう……。もちろんそれらは新入社員に任せるようなほんの小さな仕事ではあったろうが、担当する私にとっては大きな広がりがあるパズルのように感じられたのだ。

年次を重ねてひとつの売場やグループを任されるようになると、マネジメントをする、というのも面白く感じた。自分はひと通り精通した上でみんなと一緒に仕事を進めていく、というのは楽しいことだ。末端の部下が何をしているのかわからないくらい偉くなりすぎるとつらいだろうが、プレイングマネージャー辺りの立場が、組織においていちばんいいポジションではないだろうか。

総務で人事を担当していた頃、同じく総務で会計室を担当していたのは私より七年入社が早い女子社員だったが、ある日課長から何か教えられていた先輩は私のところに来ると言った「でも、新しい仕事って出来るだけ覚えないようにしておきたいんだよね。覚えたら仕事を増やされるもん」。当時職場や仕事に慣れるのに精一杯だった私には、そのとき先輩の言っていることの意味がわからず、ただ「さすが何年も仕事をしてきている人は闇雲に仕事をするのでなく、自分なりの考えがあるものなのだな」などと感心したものだ。頭も要領もよく気分屋のその先輩に私はずいぶん泣かされたが、彼女はいまどうしているだろう。幸い先輩のアドバイスの意味がわからないまま、目の前の仕事を闇雲にこなし続けて過ごした私は、その後の人生において、自分が経験して習得したたくさんの仕事にいつも助けられてきた。派遣社員として臨時で花屋の事務に行った時には、母の日の花ギフトが届かないという苦情電話の嵐にさらされても総務で電話をとり続けていたのが幸いしたし（その会社では、コンピュータの不備のため千件以上の受注漏れがあったらしい）、何も知らずにブラック企業に入社してしまったときには、同じく総務で労務管理に多少とも関わっていて少しだけ知識もあったおかげで、何とかうまく退職することができたし、百貨店で婦人服のフロアに配属されたときは、上司から丸投げされた売場のレイアウト変更をするのにも、かつてさんざん売場作りの経験を積んでいたおかげで何も困らなかった。気の強いベテランのマネキンさんたちもこれ以降、新入りの私に何かと親切にしてくれるようになったものだ。

骨密度からずいぶん話が逸れてしまった。そんなわけで骨密度はいいのだが、問題は血管年齢だ。血管の詰まり、血管の硬さを解消するために、塩分と糖分を控えた食生活を心がけるのがいいらしい。48歳、まだ先は長い。年を取ってもドンドン動き仕事をし、死ぬときまで、元気いっぱい健康そのもの、でありたいと思うのだが。

平成26年9月

楽しいお弁当

職場でのお弁当時間が好きだ。

現在はレストランに勤めているため——とは言っても、「賄い」などと気前のいいことはうちの職場は全くない。だが、電子レンジが使えるとかすぐに熱湯が出てくるとか、常時お湯の沸いているシンクがある、どんぶりやカップが使い放題、という環境は、毎日お昼にいろいろな工夫がこなせて非常に都合がいい。今日はおなかの調子があまり良くなかったため、タッパーウェアにご飯のほかレタスなどの残り野菜を詰め、コンソメスープのキューブを一緒に持って行った。お昼には、これを全部どんぶりに空けてお湯を注ぎ、電子レンジで三分ほど温めると、おなかにやさしいリゾットが出来上がった。

私はカレーが大好きなので、レトルトカレーの出番は非常に多い。タッパーウェアに詰めて持参したご飯をどんぶりに空けてレンジでチンし、その上から熱湯シンクで温めておいたレトルトカレーをあける。ここに生野菜を添えたり、家から持ってきたトマトをレンジで思いっきり加熱してトマトカレーにするときもある。さらに厨房からゆで卵や唐揚げをもらえるラッキーな時は結構豪華なランチになる。それでもたいていはうちの残り物やなんかを簡単に詰めてきたお弁当が多いのだが、いつでもレンジであっためてホカホカしたお弁当を、ドリンク付きで食べられるのは有難い。当初は、やはりレストランだからレトルトカレー持参なんて非常識かと思いこっそり食べようとしたが、周りの人たちに「熱湯シンクを使えばいいいじゃない」と気楽に勧めてもらってカレー持参が解禁になって以来、私の簡単クッキングは少しずつ幅を広げていった。

だが、もちろん最初からこんなやり方で職場のお昼を食べていたわけではない。会社員時代はたいてい三百円を払って社食で食べていたものだ。大学を卒業して初めて会社員になった二十代のころはとにかく毎日の仕事を頑張ってこなしていくのがすべてで、お昼休みが来て初めて、「今日のごはんはどうしようか」と考える。日々そうやって過ごしていた。三十を過ぎて色々なことから精神的に追い詰められた私は、三十四で会社を辞めてそのまま実家に引きこもってしまい、再び社会に出ることができるようになったときは四十歳目前になっていた。「いずれ結婚して家庭に入るなら今から正社員でバリバリ働いてもしょうがない」、そんな気持ちで、しばらくは短期アルバイトや派遣社員をして働いていた。

その頃ある家電量販店に派遣社員として行っていたが、そこで若い男性社員がかわいいお弁当を広げているのを見て「あら、おいしそう。だれに作ってもらったんですか」と冷やかすと、彼はまじめな顔で「うちの母親です」と答えてくれた。そして、さらにそのまじめな調子のまま「冷凍食品ばっかりです」などと悪口を言うので笑ってしまった。しかし彼のおかげで「そうか、いまどきは冷凍食品ばっかり入れれば(？)あんなしゃれたお弁当ができるのか」と知り、以来私は、すごく気楽にお弁当が作れるようになった。

考えてみれば『自分流』ということを始められるようになったのはこのころからだったと思う。もともと私は自分が人からどう見られるかをとても気にするたちで、「みっともない」「変わってる」などと思われないよう、自分の行動が周囲の人と一ミリもずれないようにと生きてきた。だが、引きこもりから解放されて以降の私はすっかり吹っ切れて、人の思惑など割とどうでもよくなってしまったのだ。たとえば、毎日車で片道一時間半もかかるその職場に通うためにはペットボトルのお茶を二、三本も持って行きたかったが、ペットボトルを毎日買っていたらお金がかかるうえにゴミもどんどんたまる。そこで、毎朝カラのペットボトルに自分で急須から淹れたお茶を詰めて、持って行くことにした。かつての私だったら「みみっちいと思われたら嫌だ」と、そんなことはできなかっただろう。だけど、どう考えても三本ものお茶を毎日毎日買うなんて無駄なことにしか思えなかった。毎日忙しい朝の十分で、お弁当と空きペットに三本分のお茶をざっと準備して、片道一時間半の行程を一年ちょっと通った。

その後は、ブラック企業に入ってしまって毎日お昼もまともに食べられなかったり、ゴルフ場でキャディをやったときは五分でお昼をかっこんで後半ハーフに飛び出していく、などお昼休みを楽しむ余裕とは皆無の暮らしをしばらくしたが、なりゆきで百貨店の従員になったときは、逆に楽しみはお昼だけだった。

お客さんがまばらな閑散としたフロアで、ひたすらトルソーの着せ掛け替えをしたり乱れてもいない棚の商品整理をしたり五、六年前の顧客カードを頼りにDMの宛名書きをしたり……ろくに仕事がなく時間を持て余す毎日はしんどかった。結局私が入って一年後に、四十年続いたこの百貨店は閉店することになるのだが、くさくさする毎日でもお昼のお弁当くらいは楽しもう、と考えて始めたのが、例の『レトルトカレーランチ』だ。大きめのタッパーウェアに半分くらいご飯を詰めて持って行き、お昼時間にご飯の上にカレーをあけてから電子レンジでアツアツに温める。考えてみれば、組み立てキット式弁当はこのときから始まったのだ。

かわいいお弁当箱に彩り鮮やかなおかずをこまごま詰めて……ということができたらもちろんそれがいいのだろうけれど、私のような弁当素人には手に余る。それよりも、ケチャップライスの上にふんわり焼いた卵を載せてオムライスとか、ソースが香ばしいお好み焼きとか、昨夜の残りのてんぷらを甘辛く煮つけて天丼とか、そんな気楽で楽しいお弁当を持って行くのが好きだ。だって、仕事をしながら「あ、今日のお昼はお好み焼きだ」と考えると、それだけでウキウキしてきてしまう。もっとも、いつもそんなウキウキ弁当を準備できるわけではない。お腹が疲れているときには梅干しや残り物のひじきだけご飯の上に載っけたお弁当、父が畑で収穫してきたインゲン豆があふれ返っているときにはご飯の代わりに塩ゆでした豆をつめこんでソーセージとプチトマトを添える、なんていうときもある。

いずれにせよ、自分流のお昼ご飯って楽しいものだ。

平成27年4月

ある日の店内

観光シーズンが終わり十二月に入った店内は、ランチタイムといえどもピークの頃の勢いからすっかり遠ざかってしまった。今日も一時前に入って来た男性客が「ひとりです」と指を一本立てて見せたが、「お好きなお席にどうぞ」と言ってやれるほどに、早くも店内は落ち着いてきていた。

奥の方の席に落ち着いてパソコンを開いた彼は、だがちょっと面白い人だった。お冷やを持って行った私に気さくな様子で何か話しかけてきたがよく聞き取れなかったため、「なんですか?」と聞き返した。だが大した話ではなかったのか、結局その人は黙ってそのままパソコン作業に入ってしまったので私も放っておいた。彼のオーダーが入ったのち、そのテーブルの傍の収納庫から必要な備品を取り出していたら、

「だめだなあ。調べようとしていることさえ、何だったかわからなくなっちゃって」

私に向かってそんなことを言ってきた。やはりなにか、『店員さん』と話をしたいようだ。

「そうですか。調べることを書き出しておかなきゃいけないですね」と、私は通り一遍の

返事をした。

「やっぱり旦那さんが家庭内に仕事を持ち込むのは嫌なもんですか？」

は？　どういう話の流れかしら。

「……うちの旦那はあんまり仕事を持ってこないですね（私は独り者ですなんてわざわざ言うのも変だし、まあいいか）」

「えへへ。ここは家庭内ってことじゃなくて構いませんか？」

「はい？　ええ、構いませんよ」

なんなのかしら、この人。あなたが仕事を持ち込もうがどうしようが、私には関係のないことですよ。レストランのテーブルでパソコン作業する人はざらにいますしね。

「すいて来ましたからごゆっくりどうぞ」とあいさつをして彼の近くを離れたが、見ていると他のスタッフにも声をかけているらしく、捕まった者がしばらく話し込んでいるのが見えた。キッチンに行って、

「五番テーブルの人、なんだか変わってますよ。やたらと話しかけてきて人懐っこいといえば人懐っこいんだけど、どうも調子が狂っちゃう」

と店長に訴えたら、さっそく五番テーブルを遠目にジロジロと観察した店長は、

「ああ、あいつ何回か来ているな。カウンターに座って俺にもすごく話しかけてきたんだけ

ど、サービス業がなかなか慣れてますね、みたいなことを言いやがってさ。誰に向かってものを言ってるんだってての。俺に向かってなかなか慣れてるなんて言うの、おかしくない？」

「俺は店長だって言ってやればよかったじゃないですか」

店長がだんだん興奮してきている様子がおかしくなりながら言うと、

「この俺に向かってさあ、まったく」

「そうですよねえ。この辺で俺のことを知らない人間はいないよって言ってやればよかったじゃないですか」

「ね、そうだろ？　市内の人間全部とは言わなくても俺って有名だよなあ。業界内だって俺は結構有名だしさあ」

まあ私が言い出したこととはいえ、彼も変わってるけど店長も変だ、と私はすっかり可笑しくなってしまった。

キッチンからホールに戻ると、楢原さんも「あの人変わってるよね」と話しかけてきた。それで私は思い出した。ふた月ほど前の夕方。オーダーをとってきた楢原さんが「ケーキセットのケーキはタルトだって。なんか変わってる人」と私に引き継いだので、リンゴのタルトと紅茶を持って「お待たせいたしました」と言ったときのことだ。

ケーキセットを受け取った彼は「あれ、あのー。あなたは」と私の顔を見るので次の言

葉を待っていたら、

「東大を出たっていう顔をしていますよね」などと言いだした。は？　東大を出た顔って どんな顔？　ウェイトレスへの褒め言葉とは思えない。

「そうですか？　そんなこと初めて言われました」

「ねえ？」

同意を求められた向かいの連れの人は「そうかなあ」と困った顔をしている。楢原さんの言ったとおり本当に変わった人だ、とあのとき思ったのだが、そうか、五番テーブルに座っているあの人の変わりっぷり、あれはあのときのケーキセットの人に違いない。

「楢原さんもさっき結構話しかけられていたよね。なんて言われていたの？」

「あなたの声が聞きたくてまた来ました、みたいなことを言ってた。そうですか、ありがとうございます、って返事したけど、ほかにこっちも言いようがないもんね」

もちろんどうってことのない、何かおしゃべりをしたい人恋しい青年というだけのことなんだろうけれど、個性の強い店長とのやりとりにしても面白いお客さんの存在にしても、この小さなレストランの中に日々ちょっとしたことがあるよな、と思ったのだった。

平成27年12月

帰ってきた古宮山温子

その昔、私は農協に勤めていた。

高校三年生の頃のこと。卒業を目前にして、私は自分の進路を全く決められず途方に暮れていた。周囲のクラスメイト達は、少しでもいい大学に入りたいとか、自分は専門学校に行って好きなことを仕事にするんだとか、社会人になる前にいったん短大に進もうとか……理想に燃える者や現実とうまく折り合いをつける者など様々だったが、私はそのどちらもできなくて――この先の人生をどう舵取りしていこうか……自分にはどういう仕事が向いているんだろうか……自分がやりたいこと、好きなことは一体なんなのか――。ぐずぐずと考えてみても、「私だったらこれ」というものが何もない自分自身をただただ掻き回すだけで、答えを出すことがまったくできなかった。結果ほぼ投げやりのようにして、高校卒業後には就職することにした。

だが、もちろん就職にしてもやりたい仕事があるわけではなかった。しかたなく就職課に来ていた募集リストの中から見栄えのよさそうなものを選び、東京の有名な会社に面接

を受けに行ったりもした。だが、

「あなたが志望する課はどこですか？」

「えーっと。情報処理課です」

「ふむ。情報処理課とはどういった仕事をする課ですか？」

「……あの。えっと。……情報を処理する課です」

「はい、もう結構です」

とあえなく落とされてしまう。もうどうとでもなれとばかりに、最後は地元の農協に応募した。実に失礼な話だ。だが、そんな私に農協は最初から温かかった。

「今までこんな優秀な生徒が応募をしてきたことはないけれど、娘さんは本当に農協でいいんですか？」

本当かどうか知らないが、母が言うには農協からこんな確認の電話が入ったという。結局私は農協に就職をした。

さて、そんなに優秀だと持ち上げられたにもかかわらず、私はとある支所に配属になってそこの生活センターでレジ係をやらされることとなった。実業高校で簿記を身に付けたわけでもなく農協に特別なコネもない私にとって、もちろんそれは妥当な配置だった。だが世間知らずで高慢だった当時の私は、自分が不当に低い扱いを受けているような被害者意識を抱いて毎日を過ごしていた。

支所の皆さんは、明るくおおらかで気のいい人たちばかりだった。いつもどこか不貞腐れた気持ちで仕事をしていた私はそのためちっとも成長せず、始終失敗ばかりしていたが、そのたび先輩方は怒ることもなく私のミスの後始末をしてくださっていた。そして当の私はといえば、「いいことなんかちっともない」「どうして周りの人たちは私のことを認めてくれないんだろう」と不満だらけだった。いつも買い物に来てくれる組合員のおじさんやおばさんたちも、私のことをただのお姉ちゃん扱いだった。「こんちわ。これちょうだい」ニコニコ顔でレジにパンを持ってくるおじさんに向かって、私は心の中で語りかけた。私を誰だと思っているの？　高嶺高校に上位十位の成績で入学した古宮山温子なんだよ？

こんな不遜な私に向かって、いつもお店に買い物に来る親切なおばさんが、ある日レジでこう声をかけてきた。

「あのね、甥のところでお嫁さんを探しているの。お姉さん、一度会ってみない？」

え、そうなんですか？　と返事をしながら、私は内心、冗談じゃない、このまま結婚して人生が終わってなるものか、と考えていた。これではいけない、やっぱり大学に行こう。

農家の嫁になって終わってしまう前に、私は逃げるようにたった二年で農協を辞め、その後猛勉強をしてなんとか大学に入ることとなった。何の役にも立てないまま去るお騒がせ娘に、皆さんは温かい励ましやらお餞別やらを下さった。

だが、そんなふうに周囲に迷惑をかけて進路変更したにもかかわらず、その後の私の人生は迷走を続けた。英語が好きだ、語学を身に付けて大きな仕事がしたいと外語大に入ったのに、やっぱり東京の息が詰まる暮らしはごめんだと、卒業後は語学と何の関係もない地元の総合スーパーにUターン就職した。そして、そこでもマネージャー職までは行ったが彼氏と別れたのをきっかけに心身をおかしくして八年で退職すると、その後は五年も実家で引きこもって暮らすこととなってしまった。

思えば農協時代から、いや、すでに思春期の頃から私はおかしかったのだ。だが奇跡的にも、来し方を振り返りゆっくり休むうち、私の歪みは直っていったらしい。ある日再び社会に出て仕事をすることができるようになると、それまでいつもイライラと無味乾燥に生きてきた私に、好きなことがだんだん増えていった。社会復帰後は十年の間に十も仕事を変えるような無茶をしながらも、毎日が充実していて楽しかった。

十年のうちに十、とは言っても、そのうちこの五年あまりは同じレストランで働きながら、私にはずっと抱えている思いがあった。文章……小説や物語を書きたい。そのためにももっと見聞を広めるだけの自由が欲しいけれど、レストランはぎりぎりの人数で働いているため思うように休みが取れない。軽口を叩き合いながらワイワイと仕事をし、またランチタイムは頭も体もフル稼働で飛び回るような、そんな楽しい職場ではあるけれど、月曜以外休むことができない生活は夢を持つ身にとってつらいものがある……。

それが、今回エーコープの募集広告を見ることで、私はついに思い切って行動を起こした。そこは歩いて十五分で通えて自由の利きそうな格好の職場に思えたからだ。三カ月かけてレストランとエーコープそれぞれに交渉して準備し、この十一月から私は、ついにエーコープで働く身となった。

しかし、農協の生活センターが前身のエーコープに通うにつけ、昔自分が迷惑をかけてきた農協時代のことがやけに思い出されるようになってしまった。高校卒業までに運転免許が取得できなくて、仕事を抜け出して何度も教習所に行かせてもらったっけ。給油所に来たディーゼル車にガソリンを入れてしまい、先輩が車の下に潜って全部抜いてくれたっけ。お昼の味噌汁当番では料理の経験もないくせに凝ったことをしようとして変な味噌汁ばかり作っていたっけ。そんなことばかりしてご迷惑のかけ通しの末さっさと辞めちゃって……。そうだ、あの頃農協には本当に申し訳ないことをした。いつかお詫びなりお礼なり、当時の皆さんに出来る機会が来ないだろうか——そしてそれは、真っ当になれて以降のこの十年、いつも抱き続けてきた思いでもあった。

あの頃私が勤めていたK支所は既にない。時代の波を受け、当時は不滅に思えた農協組織も今ではずいぶん縮小傾向にあるようだ。もう、K支所で一緒だった人たちにお返しをすることはかなわないだろう。だがそれはともかく、思えばたくまずして、私にまた農協と関わる機会が巡ってきたのだ。どれだけのことができるかはわからないけれど、それでも何かお返しがしたいという思いでいっぱいだ。

例えば、組合員の皆さんや地域の皆さんに親切にすること。笑顔で働くこと……。それから？　と考えてみても末端従業員の身では残念ながらそれくらいしか思い浮かばない。けれど、地道にきちんと勤めていれば、そのうち私にも何かができるに違いないと、そんな確信みたいな思いがいま私の心には浮かんでいる。とはいえ新人の現在は、年若い主任からやることなすこと怒られて結構しんどい思いで日々を過ごしているのだけれど。

三十年たってひと巡りした。そう、ぐるりと大回りして、私は偶然かつての場所に戻ってきたのだ。

平成28年11月

大横綱　千代の富士

先日大相撲の名古屋場所が終わった。横綱白鵬関が歴代最多勝利数という記録を打ち立てた、盛り上がりの場所だった。私はいつも相撲に夢中になるわけではないのだが、たまにブームのようにして熱心に相撲を観戦する時期がある。長野県出身の御嶽海関が活躍しているここ一、二年はまた自分の中で、いつにない相撲への盛り上がりがある。ヒーロー不在の長野県に於いて、私の地元よりも田舎の上松町から、こんな闘志あふれる有望なお相撲さんが出てきたことは本当に喜ばしい。

ところで、千代の富士関が活躍していたのは私が中学校から大学に在籍していた頃くらいだったろうか。千代の富士は長い間相撲を取っていたし、子供の頃は相撲になんて興味がなく駆け出し時代の千代の富士を知らないから、こんな私のような門外漢にとって、気づいたら千代の富士は押しも押されぬ大横綱だった。

正直、私は千代の富士のファンだったことはない。千代の富士は強いのが当たり前で、みんな力士は千代の富士に勝つために頑張っているのだ、というのが当時の構図だった。

初めて熱心に相撲を見るようになった頃の私はいなせな北天佑のファンだったが、北天佑はいつだって千代の富士にはかなわなかった。ビクともしない憎らしい千代の富士をやっつけてー。北天佑ファンとしては、千代の富士は贔屓力士の前に立ちはだかる壁でしかなかったのだ。

だが、どんな大横綱にも限界というものはあるのだった。ずっとトップを独走してきた千代の富士に陰りが見え始めたころ、二世力士の兄弟である若花田と貴花田が出てくると相撲界は若貴ブーム一色になり、ある日その貴花田に敗れた千代の富士がついに引退を発表する。インタビューに答えて引退理由を述べようとした千代の富士が、「体力の限界」と言ったまま絶句した光景は、今でも鮮烈に脳裏に焼き付いている。無敵の強さを誇り心身共に鋼のようだった千代の富士。その千代の富士がそれまでいかに懸命に土俵に取り組んできたのかが、絶句したまま目を見開いている姿から痛いほど伝わってきた。残念ながら、その千代の富士も何年か前に、病気で若くして亡くなってしまった。

五十代に入った私は、「病気じゃないけど調子が悪い」と感じることがままある。それでも出来るだけいつも元気でいたいし、この先年をとっても自力でやっていける体でいたいと常々考えている。もちろんそれは誰にでも共通した思いに違いないけれど、独身で子供もなく、現在老親と暮らす私にとっては、割と切実な願いではある。小柄であまり体力がなく非力でもあるが、幸い父譲りに根は丈夫な方だ。体を動かすのも好きで日頃よく歩いたり、時には山登りをしたりもするが、今年は市のマラソン大会に出場しようと応募をした。といってもマラソン大会なんて初めてだから、私がエントリーしたのは十キロコースなんだけれど。

さて、その大会もあとひと月半後に迫ってきた。目標は制限時間内の完走だが果たしてどうなることか。トレーニングのために日々走っているコースを先日測ってみたら、ちょうど半分の五キロだった。

七月に入って、冷涼地の当市にも空気のどよんと重い日が訪れるようになってきた。朝食を終えて運動の格好に着替えるといつものコースに出てみたが、その日は走り出してみると「やけに体が重いな」と感じた。八時半にして既に空気が生ぬるいし風もない。だがそればかりではない気がした。体のバイオリズムというのか、今日はどうしたって自分自身があんまりいい状態ではなかった。

結局その日はいつもの折り返し地点まで行けず少し手前で引き返したうえ、帰りの下りさえ走りきることができずに歩いたり走ったりで帰ってきたのだが、「走るということだけでなしに、とにかく今日は調子が悪いなあ」などと思っていた。その日は半休で午後から仕事だったが、体全体が重たいし気分もパッとしない自分を感じ、これまでの経験から、このすっきりしない重苦しさは今日を我慢すれば済むだけではないという気がした。このところ割と楽しくやってきていたのに、しばらくは嫌な感じかもしれない。

ややや憂鬱な気分で歩き進みながら、「でもまあ、どうしようもないことだ。仕方がないか」などと自分に言い聞かせているうち、私はいつしか、引退近い頃の千代の富士関のことを思い出していた。

ピークを過ぎた千代の富士というのは、やはり万全というわけにはいかなかった。もっとも相撲を見つけていない当時の私には「勝った」「負けた」しかわからず、テレビで解説者が取り口の解説などしていてもよくわからないし碌《ろく》に聞いてもいなかったのだが、その話だけは自分なりに何か感ずるところがあったのだろう、なんとなく記憶に残っていた。特に最近になってたまに思い出すこともあるのだが、だるい体を前に進めていくその日の私の頭には、またその科白が浮かんできていた。

「千代の富士、今場所は本当に調子が良くないですね。……しかし、調子がよくない中でもなんとか毎日勝っているというのが、この人の強さですね」

大相撲におなじみのアナウンサーは、そんな話を解説者に振っていた。へえ、勝ったのに調子が悪いなんて言われてる。今の千代の富士の取組み、そんなに良くなかった？　アナウンサーでも解説者並みのことを言うなあ――当時はそんなことを考えたものだ。だが、あの頃の千代の富士よりはるかに年上になり、今日みたいに体の不調にため息をつくようにもなった私は、また別の感慨を抱いていた。

傍目《はため》に明らかに調子の悪さがわかりながら、それでも白星を重ね続けたという千代の富士。これはやはりすごいことだと思う。私のような凡人ではよくないときでも勝つ、というのは難しいが、よくない時期をじっと耐えるくらいのことはできるはずだ。いや、それくらいのことはしなければならない。

考えてみればかつての私は、自分の調子が良くないと感じると必死で自分を鼓舞して、無理に明るく、強がってみせるやり方をしてきた。自分の暗さ、弱さ、ダメさ加減を人に気づかれるのをひどく恐れたのだ。愚かなことだったと思う。千代の富士のような偉大な人でもやはり辛い時、調子の悪い時があって、そこを黙って踏ん張っていたのだ。それはそのまま、生きていくうえでの大きなヒントのように思えた。

その日の午後職場に行った私は、元気の出ない自分を感じつつ、出来る範囲で笑顔を作ってお客さんに接し、必要な仕事をこなし、そして「なんだか調子が悪いや」と同僚にぼやきながら数日をやり過ごした。できるだけ早く寝たり、体のきつい箇所をストレッチでのばしたり、あるいは好きなビデオを観たりして過ごすうち、ここにきてまた持ち直してきたように感じている。

例えば、空が曇ったり日照りが続いたり雨風が吹き荒れたり、そしてすっきり晴れ渡る好天の日があったりするように、人間だっていい時悪い時があるものだ。あまり恐れず、その時々を辛抱したり工夫したりしながら生きていこうと思う、やけに大げさなことを言うようだけれど。でも、ひとりの人間が自分の人生を生きるというのは、誰にとってもそれはなかなかの難事業だと思うのだ。千代の富士関もきっと、日々自分に謙虚に向き合うことで、大横綱と呼ばれるほどの力士になれたんではないだろうか。

平成29年7月

あじさいの町にて

友人とふたり、鎌倉で入った甘味処。

小さい庭に向いたカウンター席で『ランチ弁当』の到着を待ちながら、久しぶりに会った私たちはしばらく無言で、品よく楚々としたその中庭を眺めていた。小雨のそぼ降る庭に可憐に咲く山あじさいを眺めていると、私には思い出されることがあった。それはもう十年以上も前のことだが、その時には大変にびっくりした出来事でとても印象深く、それでも今となってはついうふふと笑ってしまうような思い出だ。あじさいを眺めるうちあのときのことが生き生きと思い出されて、私はつい問わず語りに話し始めたのだった。

それは初めて派遣会社に登録したときのこと。その頃なかなか派遣先が決まらなくて仕事に就けずに困っていたら、「古宮山さん、急募で短期の仕事がありますけど行きますか」と言われ、是非お願いします、とふたつ返事で引き受けた。

派遣会社の担当者の話によれば、それは花や苗をハウスで作って出荷している個人経営の花農家の会社で、繁忙期だから事務の仕事をしてくれる人が至急欲しいそうだということだった。ところが、よし今日から頑張るぞと張り切ってそこに行ってみると、事務所がやけに慌ただしくてなんだか妙な雰囲気、事務員さんたちは皆忙しそうに仕事をしているのになぜかシーンとして、誰も口をきく人がいない。スーツを着た、システムエンジニアといった雰囲気の男の人たちもパソコンに首っ引きで自分たちだけでやりとりをしており、ほかにはまったく無関心だ。そこの社長に連れられて初めての私が事務室に足を踏み入れても、誰も顔を上げるでなし、まして声を掛けてくれる人はなく、繁忙期の活気というよりは、ピリピリした刺々しさが充満していたのだ。

隣で友人は、私の話を黙って聞いている。二十代の頃から同じ会社の売場主任同士として親しく付き合っていた私たちだったが、私が三十四で会社を辞めて以来お互いが未知の生活をしてきた。ここ何年か再びこうして彼女と会うようになったが、この花農家に行っていた時の話をするのは初めてだった。

「行った初日は一覧表みたいなのを渡されて、なにかの消し込みみたいな作業をさせられたの。次の日もなんだかわからないままに言われる通りに同じ作業を一日中してね。それが三日目くらいに行ってみたら、社長がベテランの事務員さんに向かって重々しく、

『じゃあ花岡さん、今日は電話をつなぐから』って言って、びっくりしたんだけど電話の線が抜いてあったのね。それを入れた途端電話がどんどんかかってきて、私にも『電話を取って』っていうの」

かつて会社員時代、売場配属になる前に総務課に四年在籍していた私は、電話を受けるのにさほど抵抗はないつもりだった。とは言え、入って三日目の職場で電話を取って応対ができるものだろうか。などと言える状況でないほど電話はじゃんじゃんかかってきており、ほかに三名ほどいた事務員の人たちは（後でわかったことだが、三名のうちひとりは普段会社にノータッチの社長の奥さん、さらに別のひとりは会社とまったく無関係の奥さんの知人で、ここの正規の事務員は花岡さんだけだった）みなひたすら電話に出て応対していて、何がどうなっているんですか、電話に出てどう対応すればいいんですか、と質問できる相手は誰もいなかった。そんななか、「古宮山さんも早く電話に出て」と社長が叫んでいるもので、とまどいつつもつい受話器を取って「はい、アルプス園芸でございます」と言ってしまった。

「もしもし、アルプス園芸ですか」

「はい、アルプス園芸でございます」

「そしたら、今日は何月何日ですかって相手が言うの。は？　何だろう、と思いながら今日は五月の十八日ですねみたいなことを言ったら、じゃあ母の日は何日ですかって言うから、えっと母の日は五月の……って言って考えてたら、五月十二日だろ、一体母の日から何日経ったと思ってるんだ、って怒鳴り出すのよ」

何がなんだかわからない私は、母の日から六日経ったからどうだというのか、相手が何を怒っているのか、まったくもってさっぱりわからない。怒りにまかせた相手から、お前のところは詐欺会社だのなんだのとまくしたてられて、途方に暮れてしまった。

結局あとになって分かったのは、アルプス園芸の社長が母の日のギフト企画用に独自にネットの受注システムを作ったがそのシステムに不具合があって、三千件ほど発信されていた注文のうち半数ほどは受注漏れになっていた。代金を振り込んでカーネーションや新作アジサイなど豪華な鉢植えを注文し、お母さんが喜んでくれるのを楽しみにしていたたくさんの人たちがその期待を裏切られ、問い合わせの電話をかけても電話はつながらない。そうして怒り心頭に達した人たちの電話のうちのひとつを、何も知らない私が受けたというわけだった。その事情を花岡さんから知らされたときは本当にびっくりしたが、とにかくそのことを知らされてからはひたすら電話を受けては謝りつつ、返金するか改めて花を送るかという事務的なやり取りをし、電話を切ったあとはパソコンに打ち込みをし伝票を起こして、受注洩れリストに処理済みのチェックを入れる。電話の向こうのお客さんに怒られるたび、なんで私がこんな目にと腹を立てては社長に文句を言って喧嘩になる。こんなストレスいっぱいの毎日を過ごしながら二週間か三週間が経つうちに、気づいたら事態は収束していった。

「六月いっぱいまでっていう契約期間だったから、あとは通常の事務仕事をして、手が足りないときはハウスの作業に駆り出されたりして、その頃になると結構楽しかったよ。それがちょうどあじさいの時期で、ピンク色の大きな株のあじさいがそこの目玉商品だったんだけど、作業をしているおじさんたちが『いくつか好きな鉢を持って行けばいい。そこの繁みに置いといて、帰るときに車に積んで持って行け』なんて言ってくれてさ。多分社長はそんなこと知らなくておじさんたちの勝手な裁量だったんじゃないかと思うけど、『わー、いいんですかぁ。ありがとうございます』って言って、あのときは立派なあじさいの鉢を幾つももらって帰ったなあ。ちょっと見たことのないような、花も株も大きくて色も鮮やかな新作のあじさいで、すごく素敵だったんだよ。でもね、うちの庭に植え替えて何年かするうちに、こんなふうに素朴で地味な、普通のあじさいに変わっちゃった。うちの母が言うには原種に戻ったってことみたい。派手に化粧をしてたのが、みんな剝げてスッピンになっちゃうのと一緒かな」

当時はあの社長に対して私こそ怒り心頭で、後半作業場の人たちと楽しく付き合ったとはいえ、「こんなところさっさと辞めてやる」「誰が期間延長などするものか」などと職場への反感でいっぱいだったのだが、こうして振り返ってみると今となっては懐かしい思い出だ。

「うふふ。ほかにも面白い経験って何かある？」

そう友人に尋ねられて、

「そうだねえ。……ジャスコを辞めて五年くらい引きこもっていたんだけど、そのあと十年くらいのあいだに十個くらい、色んな仕事をしたんだよ。だから色んな経験をしたけど……。その中でも私にとって一番特殊だったのは、やっぱりキャディをやったことかな」

キャディをやっていた時のことは彼女も知っている。毎日が夢中で新鮮で、今日はこんなことがあった、あんなことがあったと、当時しばしばこの友人にメールを送っていたからだ。だが、キャディをやるに至った経緯を話す一方で、「五年くらい引きこもっていた」などということをごく普通に語った自分自身に、私は少し驚いていた。三十を過ぎて公私ともに苦境に立たされ、精神的にすっかり追い詰められた私は、あのころ逃げるようにジャスコを辞め、仲間たちの前から姿を消してしまった。その後今日のように友人たちと会っても、会社を辞めたことや何年も引きこもっていたことは私にとっては醜い過去で、無意識のうちに語るのを避けていたようだ。だが鎌倉の柔らかな空気の中で、そんなのはもうどうでもいい、ただの過ぎたことになっていた。

考えてみれば引きこもりから立ち直って十の仕事をした時代には、本当に面白い経験をいっぱいしたのだ。キャディをはじめ、美術館の監視員とか学童クラブの指導員とか広告代理店の編集記者、あるいは短期アルバイトとして入った百貨店で正社員として採用されて、「こうなったらずっとこの会社で頑張ってやっていこう」と決心した途端、会社が廃業を発表したとか。

デザートの抹茶プリンまで食べ終えた私たちは「じゃあ行こうか」と明月院に向かうために立ち上がったが、またいつかそんな話もゆっくりしたいなと思ったのだった。

令和1年6月

思い起こせば恥ずかしきことの数々

太宰治『人間失格』冒頭の「恥の多い人生を送ってきました」は言うを俟《ま》たず、映画『男はつらいよ』で主人公の車寅次郎が発する台詞に、「思い起こせば恥ずかしきことの数々」というのがある。人生で何度も、この名台詞を思い浮かべてきた。本当に私は、思い出すだに自分自身に対して「ああー」と悲鳴を上げなければならないようなカッコ悪いことを、たくさんしでかしてきた。

自意識過剰のなせる業といおうか。この、自尊心、自虐、自己陶酔、……強い自我のために、本人としてはカッコつけてるつもりが今振り返ってみるとみっともないとしか言えない恥ずかしいことを、私はいっぱいしでかしてきた。まさしく自虐ではあるが、思い出されるままに自分の赤っ恥をいくつか挙げてみようか。

例えば大学生の時。

一、二年の一般教養習得の頃には、外国語学部の我々も文系とは無縁の数学・科学系の科目まで履修しなければならなかったが、選択した科目の中に、自然科学概論、といったろうか。講師の先生の名前は忘れてしまったけれど、三十代前半くらいの、細面で、ちょっと繊細な感じで、ちょっと優し気な感じで、でもちょっとシニカルな感じで、……要するに私はその先生に、密かな恋心を抱いていた。そもそもが人より三年も遅れて大学に入学したうえ、さらに留年までしてしまって学内に友人などいなかった私は、いつも一人で授業に出ていて学内では居心地が悪かったが、その先生の授業に出るのは心待ちにしていた。

友人はいなくても、イタリア語科の同じクラスの人間や合唱部の人間など、不都合なことに学内に知り合いは何人も存在する。だから、いつも一人ぽっちの孤独な自分ができるだけ人目につかないように日頃こそこそと行動しているのだが、先生の授業のときだけは、できるだけ前方の席に陣取ったり、講義に大きく頷いて熱心にメモを取ったりと、……私はおそらく度を越して熱心な受講生だったに違いない。先生はどうやら私の存在に気づいているな、こっちを意識しているな、という自覚がおぼろげにあった。先生にとっては相当に迷惑なことだったろうが、若い人間の自意識過剰とは悲惨なものだ。先生は私のことを意識している、と当時の私は得意に思ったのだから。

冬休みが近かった。下町にあるのどかな大学だったけれど、それでもクリスマス前のウキウキした雰囲気が学内にも漂っていた。合唱部では指揮の先生がクリスマスのアルバイトの話を持ってきてくれて、私たちは一週間後にホテルのディナーで讃美歌を歌うための練習を繰り返していた。教室では古いパネルヒーターが、ゴン、ゴン、と音を立てて稼働していて、そのとぼけた音と温かい空気が私たちの眠気を誘った。どの授業でも、教授が年内最後のあいさつをしていた。

自然科学概論の授業でも、先生が九十分の授業をいつものように黒板いっぱいに板書をしながら進めていたが、終わりの時間がやって来た。パタン、と突如教科書を閉じた先生は、

「それではこれで、今年の授業を終わります。日本人は今ではすっかり訳の分からないものにしてしまいましたが、メリークリスマス。よいお年を」

なぜだかそんな皮肉な挨拶をすると、呆気にとられている私たちを尻目にニコリともせずに教室を出て行った。

連日讃美歌を歌ってひとり盛り上がっていた私は、「先生ったら何なの。そんなクールを気取っちゃって」と、浮かれ気分に水を差されてしまった。だがそうやってシラケる一方で、先生にはクリスマスを楽しみにする要素がないんだな、と嬉しい気もした。そう、それでは私が先生にクリスマスの楽しさを教えてあげましょう。孤独なくせに不遜な女子学生だった私は、書店に行ってある本を入手した。その本のタイトルは『クリスマスキャ

ロル』。クリスマスの前の晩、守銭奴で嫌われ者のスクルージ爺さんの前に、死んだかつての知り合いが現れる。そして、彼から自身の過去、現在、未来の、醜い或いは惨めな姿を映像として突き付けられたスクルージ爺さんは猛省する、という物語。街に灯りが煌めくクリスマスイブに、スクルージの寝室に現れる亡霊や幽霊たち。彼らに連れられて蝋燭の灯り越しに時間を旅するスクルージ。この小説はその教訓的なストーリーよりも、昏《くら》い冬の晩を舞台に繰り広げられる、密やかで温かで不思議な雰囲気が何とも魅力的だと思うのだ。先生、これがクリスマスの楽しさですよ。私は大学便覧で先生の住所を調べると、この本を先生に宛てて郵送した、無記名で。

当時は粋なことをしたと得意だったのだが今思い出すと冷や汗もの、これぞ「思い起こせば恥ずかしきこと」の、まさしく代表格だ。本当に、思わず「ああー」とうめいて顔を覆わずにはいられないほど恥ずかしい。

それから小学生のころ。

クラスに春美さんといって、みんなから馬鹿にされている女子がいた。ひと言で言えば愚鈍、という印象だった。いつももたもたしていて前に出ることはなく、そのうえ口も重くて、男子から意地悪を言われても言い返すこともせずニマーとしている。

その日も、「おはる」と呼ばれている彼女とすれ違ったひとりの男子が「おはるに触った」と騒ぎだし、「おはる菌」と言って彼女に当たった肩をぬぐった手を、ほかの男子に擦《こす》りつけていた。

「やめろよー」「ほれ、おはる菌。お前につけたぞ」「やだー、こっちに来んな」

男子たちは大騒ぎを始めた。いつものことと言えばいつものことだが、その時の騒ぎは特に大きかった。そのとき、

「ちょっと、あんたたち。やめなよ。おはるだって人間なんだよ！」

私は人道主義者を気取って声を張り上げた。その頃なにか、そういうヒューマニズムの物語でも読んでいたのかもしれない。自分だって日頃おはるのことを馬鹿にしていたくせに、正義の味方のような顔をして、男子たちの前に立ちはだかったのを覚えている。

それにしても言うに事欠いて、おはるだって人間なんだよ、とは。おはる菌をくっつけて騒いでいた男子たちより余程たちが悪い。だがなぜ、私は今もこのことを覚えているのだろう。あるいは言ってから、自分のどこかにしまった、という気持ちがあったのだろうか。春美さんのうちの前を通りかかる度にこのことを思い出して、私はまた「ああー」という思いに駆られる。

さて、友人と前から約束していた大阪のユニバーサルスタジオ行きが、いよいよ来週になった。ＵＳＪのほかにどこに行こうかなどという相談を友人と進める中で、「大阪はむ

かし花博に行って以来だ」などと言っていたら、私はまた、自分の恥ずかしい行状を思い出してしまった。

花博、大阪で開催された花の博覧会は１９９０年、今から29年も前の出来事だ。当時私は大学三年生で、東京外語大の混声合唱団は大阪外語大の混声合唱団と、大阪で合同演奏会を開催した。あまりに昔のことで、うちの団が何を歌ったか、合同ステージは何を歌ったか、或いは開催ホールがどんな会場だったかなど、今では何一つ覚えていない。覚えているのは演奏会終了後、「せっかく大阪まで来たのだから」と団のみんなと駆け足で、その花博を見に行った記憶だけだ。巨大なコンテナや遊具と一体になってたくさんのお花がふんだんに盛られた大掛かりな仕掛けに、当時圧倒された記憶がある。問題はその年の暮れ、団の渉外担当として、再び大阪を訪れたときのことだ。

大学に入って思いつきで合唱を始めた私は、歌のスキルも楽器の経験もなく、三年生になってもみんなのように、パートリーダーとかピアノ担当などの、技術が必要なことは何もできない。部長になってみんなをまとめるといった能力も持ち合わせていなかったので、その頃は人見知りでコミュニケーション能力ゼロだったにもかかわらず、渉外担当という身に過ぎた係に就いていた。さて、その冬の定期演奏会シーズン、夏に交流を深めた大阪外国語大学混声合唱団の演奏会に、団として応援に行かなければならない、という話になり、周りから言われるままに、渉外の私は部長の林君と二人で再び大阪へ行った。

思い出されるのは演奏会終了後、お酒を酌み交わし賑やかに盛り上がる打ち上げ会場での光景だ。よく知らない人たちに囲まれながら私はどうしていいかわからず、最初のうちはビールを注いで回りながら似合わないお世辞など言っていたかもしれないが、すぐに身の置き所がなくなって、酔ったふりをして狸寝入りを決め込んでしまった。

林君は慣れないながらも大阪側の部長たちを相手に大学のことや合唱の話など、一生懸命頑張っているようだった。「でも本当だったら自分たちだけで盛り上がりたいだろうに、来られたら向こうもよその人の相手をしなきゃならなくて有難迷惑だろうな」などと考えながら会場の隅でグーグー寝たふりを続ける私の周りでは、三々五々固まって楽しそうにおしゃべりしたり飲み食いする喧騒が続いていた。とそのとき、

「あの子は一体なにしに来ているの」

向こうの方から、咎《とが》めるような呆れるような声がまっすぐ耳に入ってきてギクリとした。途端に惨めな思いに駆られながらも、私はそのまま狸寝入りを続けるしかなかった。

ああ、久しぶりにこんなことを思い出してしまった。楽しい計画に浮かれていても、たくさんしでかしてきた「恥ずかしきことの数々」が、こんなふうに折に触れて私を襲うの

だ。

それでも、と私は自分を慰める。あんな劣等人間だった自分が、そう考えると大した成長をしたんじゃない？　職場では結構周りの面倒も見ていると思うし、今では初対面の人とでも、たいてい話題を合わせることができる。もちろんただのスーパーの一店員で地位も名誉もないけれど、伸び幅ってことを考えれば、これだってなかなか立派なもんじゃないかしら。

令和1年7月

熊野再来

雨に濡れた霊山は緑鬱蒼《うっそう》と聳《そび》え、そぼ降る雨のためか辺りを覆う空気は濃密に感じられた。目の前に迫るその山々に向かって、私は思わず両手を合わせて挨拶した。

「十三年ぶりにまたやって来ました」


十三年前。

仕事も私生活も失敗続きですっかり気力をなくし、また他人に対して怯えしか抱けなくなった私が仕事を辞めてから、もう五年が経っていた。こうして家に隠れたまま、ずっと両親の背中に隠れたまま、うずくまって廃人のようにこの先を生きていかなければならないのだろうか。親がいなくなったら私はどうやって生きていくんだろう。そんな恐怖を抱きながら、私は毎日を、なすすべもなく過ごしていた。

家にこもり出してから最初のうちは、元気が湧いてくるまでの休養だと思っていた。だが、三年たっても四年たっても何もする気にならず、買い物をするのに外に出ても、他人と目を合わすことすらできない。朝目が覚めると、また無為な一日を過ごさなければならないことに絶望して、もう一度布団を被る。両親は心を痛めていたろうが、いつまで経っても私は動き出すことができず、寝て起きて、息をしてご飯を食べて、の繰り返しだった。

そんな六月のある日、母の提案で両親と三人、熊野古道のツアーに参加することになった。当時熊野古道は世界文化遺産に登録されて間もない頃で、熊野旅行がブームだったのだろうと思う。

「あっちゃんも行こうよ。この浦島ホテルっていうところの洞窟風呂ってとてもいいんだって」

相変わらず無気力な私には、いいも嫌もない。言われたらただ従うだけだった。旅行の日程も道程も何も知らないまま、気づいたらバスに乗って、尾鷲《おわせ》のドライブインで御一行様に交じってお昼を食べていた。天候は悪く、雨風で海が荒れ、高い波が浜にドーン、ドーン、と打ち寄せていた。そして泊まったのは思ったホテルではなかったらしく、「あれ？　友達に聞いていたのと違う。洞窟風呂って自然の洞窟をそのまま利用した温泉だって話だったけど」と、母はがっかりしていた。

翌日は現地ガイドさんの案内で、鬱蒼と薄暗い熊野古道を歩いた。今では森を抜けて出てきた石畳しか覚えていないのだが、このときの旅行で一番私の心に残ったのが、那智の大滝が細く落ちるのを遠目に見る、青岸渡寺《せいがんとじ》でひいたおみくじだった。何年も抜け出せない引きこもりの中であのときなんとなく引いたおみくじは、覚えている限り、私が人生で初めて引き当てた『大吉』だったのだ。

ところが、金談、相場、良縁、旅行、稼業……それぞれの項目に書いてある内容はどれもパッとしない。一体これのどこが大吉なんだろう、と怪しんでいると、病い、とあるところに、「長びくがなおる」。

ああ、これだ。

私にとってこれほどの大吉はない、と、祈るような思いでその一文を眺めたのだった。

その後、旅行から帰った私に目に見えるような変化はなかったが、毎日やることもなく無為に時間の経つのをやり過ごすだけだった私になぜか、毎日一時間だけ、テレビで放映する韓国ドラマを待ちわびる時間ができた。やがて九月に思い立って携帯電話を変えた直後、新聞に載った募集広告を見てまたなぜかその気になり、一カ月の短期アルバイトをやることになった。こうして、終わりがないかと思えた私の引きこもりが突然終わった。

気づくともう四十歳が目前の中年女になっていたが、当時は再び人生を始められた喜びで、毎日が楽しくてたまらなかった。本能が失った日々を取り戻そうとするかのように、それからの私はめまぐるしくたくさんの経験をした。中学高校時代を周りの目ばかり気にして窮屈に過ごしてしまった私は、いま青春時代をやり直しているみたいに毎日がワクワクキラキラしていた。というより、言ってしまえばやっと鬱状態から抜け出た開放感から、今度は躁状態だったのだろう。でも、朝が来てまた一日が始まるのがうれしいなんて日々は初めてのことで、私はその後七、八年の間に、十ほどの仕事や職場をわたり歩いた。「頭にきた、辞めてやる」「今度はあの仕事やってみたい」世間一般で言えば分別のついたいい年のはずが、まったく考えなしの怖いもの知らずだった。仕事以外でも、何年も連絡を絶っていた友人たちに会いに行ったり、新しい趣味を広げたり、アイドルに夢中になったりと、あれこれ気持ちの赴くままだった。それがここ何年かで落ち着いてきて、いまやっと、自分が自分の今の年齢に追いついてきたのかもしれないと感じている。もともと総合スーパーの社員だった私は、いまは近所の食品スーパーで働いている。

結婚をしそびれて父母と暮らしているので、両親と泊りがけで遊びに行くこともある。閑散期の地元旅館が地域還元企画を打つ時に格安料金で温泉と料理を楽しみに出かけるようなことが多いが、たまには東京に行ってはとバスに乗ったり、母の実家の法事のために九州に出掛けたりもした。ツアーのチラシを眺めてはあそこがいいね、ここに行きたいね、という話をするうち、今回は、熊野にまた行こうかという話になった。

「いいわねえ。ぜひ行こうよ」

この十年余り、自分がこうして元気を取り戻せたことに思いを致すときは必ず、熊野でひいた大吉のおみくじを思い出してきた。あの旅行が私の運命を変えてくれた、熊野が私に再び生きる力を与えてくれたのだと、そんな気がずっとしていた。そして、いつかお礼参りに行きたいと。参加したツアーの日にちは、奇しくも前回と同じ六月十日。

時期が時期だけに今回も雨もよいの旅行となったが大した降りではなく、むしろ雨のために新緑の美しさが際立つようで、南紀白浜の美しい景色を堪能しながらバスは進んでいった。参道に入ると、ツアーの一行はバスから降りて熊野那智大社を目指す。みやげ物屋の店員さんが、「行ってらっしゃい」「帰りには寄ってね」と、愛想よく声を掛けてくれる。前回からすると少し年を取った両親と共に、ふもとで借りた杖を突きつつ結構な坂道を上がっていく。緑濃い山道を歩いて行きながら、私の心は弾んでいた。こんにちは。帰ってきました。そんなふうにずっと、熊野の山々に語り掛けていた。

那智大社で参拝したのち、青岸渡寺を探すがわからなかった。いや、青岸渡寺はあったが、あのときおみくじを引いた、遠くに那智の大滝を望んだあの場所は見つけられなかった。バスの集合時間を気にして「なにしてるの。もう行くよ」と叫んでいる母に、「わかった」と返事をして、もう一度辺りの山々を見渡した。

「ありがとうございます。とっても幸せです」

私はそう告げると、熊野の神様に向かって両手を合わせた。

今回泊まったホテルは十三年越しに母の念願かなって、名高い洞窟風呂を擁するまさに浦島ホテルだった。海の荒波に浸食されたごつごつとした洞窟の中で、浴槽につかりつつ、どどーん、と打ち寄せる波が心も体も洗い流してくれる。洞窟風呂はそんな素晴らしい温泉だった。夕食は夕食で、これもまた素晴らしかった。南紀の海の幸・山の幸が何でも味わえる、綺羅星のごときバイキング料理。

「お、マグロの解体ショーが始まるぞ。見に行ってみよう」

父が皿を手にしていそいそと席を立つ。

「私も行こうっと」

立ち上がりつつそのまま、みんなが浮き立っている食事会場を見渡す。

ありがとうございます。

誰に向かってか、なにに向かってか、私はまた心の中でそう思った。

令和1年7月

閉鎖病棟の夕焼け

朝食を済ませて部屋に戻ると、窓から差し込んでくる朝の陽射しが部屋中をまぶしく照らしていた。だが、起き上がったままぐしゃぐしゃになっているベッドを見てウンザリする。まずこれをきれいに直してからでないと今日一日が始まらない。

最初に絡まり合った掛布団をまとめて床にドサッと落とすと、ベッドの上でやや斜めに曲がった敷布団をまっすぐに置き直す。つぎには、床のかたまりの中からシーツ代わりの薄い毛布を取り出して敷布団の上に載せる。まっすぐに載っているかな、左右の幅は均一かな？　そして頭が来る位置には五年ほど前に布団屋さんで誂《あつら》えたお気に入りの枕を、ポンポンと平らにならして設置。次には床に残った中からダブルの花柄の毛布をまた一枚、これが一番のメインになる掛け布団なのだが、これも左右のベッドからの垂れ具合が同じになるように調整して載せたら、最後に残ったシングルの毛布を花柄の毛布の上に掛ける。これはブルーの無地の毛布で、部屋との調和上ベッドカバーとしてもふさわしい（?）。

ベッドメークはこれで完了。それから床上のパジャマや、ゆうべ寝る前に脱いでそのままにしてあった服をしまったり、出しっぱなしにしておいた雑誌やメモ帳なんかを所定の位置に戻したりして部屋が原型に戻ったところで、ようやくわが部屋を直視できるようになった。

窓際に置いたベッドは、春の日差しを受けてのんきそうに横たわっている。それにしてもこの冬は、もちろん電気毛布のお世話になったとはいえついぞ、羊毛布団とか綿の布団とか、いわゆる掛布団を出さずに終わったなあ。そんなどうでもいい感慨を抱きながら毛布ばかりを重ねたベッドを眺めるうち、いつしか私は、東京での学生時代、とある大病院の精神科病棟で過ごした五カ月の日々を、懐かしく思い出していた。

進学のために上京していた私はその年の暮れ、精神科病棟、それも閉鎖病棟というところに入院する羽目に陥った。思春期以来の情緒不安定がいよいよ行き詰まり、何もできないほどひどい鬱状態に陥った末のことだった。私の自殺願望の強さを憂慮した担当医師から入院の必要性を説かれ、「ただうちは閉鎖病棟ですが、その点は了承してください」と説明をされたが、入院がいいとか嫌だとか、閉鎖病棟ってなんなのかといったことを考える気力もないほど摩耗していて、言われるままに精神科病棟の入院患者となった。

とうとう私は精神病患者の烙印を押されたんだ、という自覚におびえる一方で、これで当分学校に行かなくて済む、なんとか溶け込もうと無理に割って入ったり必死にはしゃいでみせなければならない級友たちから当分逃れられたんだ、と考えてホッとしてもいた。そう、他人との関わりに苦しむこと、突き詰めれば私のそもそもの病因はそこにあった。

だが、ここにも結局人間関係はついて回ることとなった。どうせ精神科病棟に入っている人たちなど他人とまともに関われない人間ばかりだろうから、ここでは私も素の自分でいられると思って安心していた。なのに、周りの人たちが互いにおしゃべりをしたりお茶をしたり連れだって散歩に出る姿を見て、私は驚いた。みんなまったく普通の人たちみたいじゃない、じゃあどうしてこの人たちはここに入院しているんだろう。精神病者イコール狂人、という図式から抜け出せない私は混乱し、精神病者の集まりに入っても自分は周りから取り残されるのだろうか、と一層惨めになった。いかにも頭のねじが何本か足りなさそうな男性患者までが、ニマッとしながら舌足らずな様子でおばさん患者や看護婦さんたち相手に軽口を叩いていた。

私の担当看護婦は亀山さんという名前の、小柄で童顔で一見いかにも平凡な感じの女性で、それゆえ何の気遣いも必要ないように思っていた。だが、そんな彼女からある日、「あんまり周りの人たちと関わってないよね。あえて近寄らないようにしてる?」と言われたときには心臓が止まりそうになった。それは、私にとっていちばん痛いところをダイレクトに突かれた瞬間だった。他人と関われない人間と思われたくなくてそのことを悟られないように振舞っているつもりだったのに、こともあろうか自分を守ってくれるはずの相手からナイフを突きつけられた気がした。その時私は彼女をなんて油断のならない人だろうと思い、以降ひそかに憎みさえした。

入院さえすれば重苦しく憂鬱な気分も晴れて行き、そもそも本来なら誰よりも輝かしく周りから羨望を受けるはずの自分なのだから、専門の治療を受けることでその本来の自分の姿を取り戻せる。当初は漠然とそんな気がしていた。だが入院して日が過ぎていっても、自分のイメージするいい方向に状況が動いていく、そんな気配は全く感じられなかった。

私が入っていたのは六人部屋だった。部屋を取り仕切っているのは五十歳？　六十歳？　当時まだ二十一だった私には五十か六十かわからなかったけれど小野寺さんといって、七三に分けた前髪をツンと立てた、ショートカットが粋な様子のおばさんだった。静岡で美容院を営んでいるという小野寺さんはウインクをしながら「あっちゃん」と私に話しかけてくれる、カッコいい姐御だった。鬱病が昂じて入院してきたという大野さんは生後間もない赤ちゃんのお母さん。最初こそ黙ってむっつりしていたけれど、順調に回復したのか、少したつとニコリともしない暗い顔つきでそれはそれはよくしゃべった。それから長いストレートヘアをバサッバサッと振り乱しながら黙々と体操したり本を読み耽ったりする女性がいた。不気味な雰囲気のその人の名前は忘れてしまった。滅多に口を開かなかったが、なにかのときに自分は中央大学の法学部に在籍しているのだと言って、「ふうん。頭がいいんだね」と小野寺さんに言われると、「前は頭が良かったけど、病気をして馬鹿になっちゃったの」と自嘲的に自慢をしていた、その会話だけ覚えている。彼女に自分と近いものを嗅ぎ取ったせいか、内心ああはなりたくないと思ったものだ。山岸さん、という品のいいおばさんもいた。ふっくらしてにこやかで、付き添ってきたご主人もどこかの会社の役員みたいな雰囲気の人で、最後の方では病棟から学校に通わせてもらっていた私はあまり話をすることもなく、どこが悪いのかさっぱりわからないまま、二、三週間でいなくなってしまったような気がする。伴さんは、明らかに今で言う「認知症」だったろうと思う。噂では二十三区のどこかの区長の奥さんということだったが、最初は奥様然としていたが二、三日ですぐに本領を発揮しだした。「あたしを騙してこんなところに閉じ込めた」「こんちくしょう。あたしを家に帰せ」と大きな声でわめき散らし、認知症とか痴呆というものに馴染みのなかった私は、あのときの無感情症の私でも結構ビックリしたものだった。そうやって口汚く罵り、大声でワンワン泣いていた伴さんもやがて入院生活に慣れていき、ご家族の方が面会に見えたあとはご機嫌な様子で、ベッドでファッション誌を読んでいる小野寺さんのところにトテトテと近づいて行き、「京樽のお寿司を食べちゃった」と得意気に報告したりしていた。

たしか十二月に入院し五月のゴールデンウィーク明けに退院したのだったと思うが、とにかくその年の冬から春を、私はここで過ごした。どんよりとした薄ら寒い空を重苦しい心で眺め、実家の庭から母が折り取ってきた沈丁花のひと枝を惨めな思いで眺め、散歩に出た病院の庭の桜を沈鬱な気分で眺め……。なにを見ても、心は暗く重苦しく圧迫され続ける当時の私だったが、ここでの私にもいちどだけ、心がパーッと晴れる素晴らしい景色を見た記憶がある。

加藤さんという老女がいらした。小さく縮んだ体がなお前に丸まった鶏ガラのような姿のおばあさんで、スリッパを引きずりながら小股でトトトトと廊下を駆けるさまは本当に老いためんどりのようだった。まともな会話はできなくて、たしかいつも小声で「天皇陛下天皇陛下」か「皇后陛下皇后陛下」というようなことを口走っていらした気がする。病状が悪化するとたまに鍵の掛かった個室に入れられて（みんなは独房と呼んでいた）、その鉄扉を一晩中ドンドン叩いていたこともあった。

ある日の夕方、トイレから病室に戻るために私が廊下を歩いていると、向こうからトトトトと駆けてきた加藤さんから突然「皇后陛下はどちらですか」とか何とか声を掛けられた。は？ と思って唖然としていると、加藤さんはそのまま私を置き去りに、またトトトトと廊下の奥へ向かって駆けて行ったのだが、その姿を目で追った私は、西の端の窓が夕焼けに赤く染まっているのを見た。

息を呑んだ。突き当りの大きな窓一面に、真っ赤な夕焼け空が広がっていたのだ。こんなに美しい夕焼けは初めて見た、という気がするほど、それは素晴らしい眺めだった。そのときの心の高揚というのは一体なんだったろうか。何カ月も入院生活を送ってきて、深い鬱状態に身を置いて毎日を過ごす苦しみ。また、自由を奪われて生活する窮屈な思いもあれば、自立できない未熟な人間として扱われる惨めさもあった。そんな中で真っ赤な美しい夕焼けを見たとき、私はうわっと声を上げるほどに深い感動を覚えたのだが、そのまま窓が暗くなるまでその景色を見つめていた思いというのは、外の世界、あるいは未来への憧憬だったのかもしれない——ガラス越しでなくじかに外に出て、空に広がる夕焼けを、いつか生き生きした毎日の中で眺めたい——。

毎日午後、日が陰ってくるとどの部屋も早々にブラインドを下ろして電気をつけていたから、四時といえばもう外の様子はわからなくなる。だから、あの日あの夕焼けを見ることができたのは、加藤さんのおかげだったのだ。

規則正しく同じことを繰り返す病棟の毎日。決まった曜日にベッドメークの時間があった。ベッドから掛け布団をはがしてシーツを新しいものと交換してもらうのだ。ふたり組になってベッドマットにシーツの四隅を折り込んだら、その上には毛布を載せ、足元にカバーを替えた布団を三つ折りにしてベッドメークは完了。日中ベッドは毛布をむき出しにした状態にしておき、夜寝る段になると毛布の下に潜り込んで掛け布団をかけて寝ることになっていた。

実家で暮らしていたときも上京してひとり暮らしを始めても、夜寝るときは押し入れから布団を下ろして延べる生活をしてきたが、ベッドがある暮らしというのは常にゴロンと出来るスペースが用意されていて快適だと思った。また、日中病室のベッドの上で過ごす時、お尻の下に毛布があるというのはフカフカとやわらかくて心地よかった。夜寝る時も、この下に潜り込んでひんやりとしたシーツの上に横たわる気がしなかった。病室は空調が快適に保たれていて二枚も布団をかける必要がないくらいだったから、私は毎晩そのまま毛布の上に寝て足元の布団だけを体に載せた。布団を捲らないから、消灯さあ就寝だとなっても、ちょっとゴロ寝するだけみたいな気楽な感じがまたよかった。

いまシーツがわりに毛布を使っているのも、三十年も前の病院生活のなごりだろうか。休みの日にゆっくりベッドをなおす際、三枚の毛布をベッドに重ねていると、とても贅沢な、あるいはありがたい気持ちになる。――毛布ってフカフカ柔らかくてあったかくて、なんていいものなんだろう。昔の人はこんないいもの知らなかっただろうな――思えば五カ月の病院生活では、世間の風から完全にシャットアウトされて静かに大事に守ってもらっていたんだな――。

少女時代に思い描いていたような、社会の第一線で人々の羨望を受けるほど大活躍する有用な人間にはなれなかったけれど、生き生きと毎日を送れている、現在の自分の幸せを改めて考える。職場でムキになって日々忙しく立ち働いたり、春には爽やかな思いで満開の桜並木を行き交ったり、休日には近所の山に登って遠く富士山を望んだり。そしていままたこうして毛布を重ねたベッドを眺めやりながら、ガラス窓の奥から外の世界に憧れた、幼く惨めだったかつての自分を憐れみ、また懐かしく思う。

令和2年4月

あとがき

以前に「負け犬」という言葉が流行った当時、その頃ちょうど三十代だった私は、三十歳を過ぎて結婚もせず仕事で成功を収めてもいない自分は人間としてダメなんだ、と惨めな思いを深めていました。嫁き遅れがあまりみっともよくないというのはどの時代に限った話ではないけれど、それが自分のこととなると必要以上に醜悪な事態に思えて辛かったものです。

「人は何のために生きているのか」というのは、多くの人に共通した悩み、或いは人生のテーマかと思います。最近雑談のような気楽な場でこの話が出てきた際、私は「何のために生きてるかっていったら、子孫を残すためだよね」などと冗談交じりに言ったものですが、大きな視点から言えば、動物としての人間が生きている理由というのはもちろんそういうことだろうと思います。結局のところ、だから誰でも異性にモテたいのだし、結婚というゴールを迎えようとするのでしょう。

それでも、私や寅さんのように、家庭を持たずなんとなくフラフラしながら、家族や周囲の人たちと関わって生きている人間もいる。言わせていただければこんな私たちも、生殖というものによる繁栄には貢献できていないけれど、『人間という種』の保存・繁栄という目的の中では、ある一定の役割を果たしていると思いたい。旅先で出会う多くの人たちを笑わせたり励ましたりしながら、あるいは悩み多き甥の光男に時に人生の方向を指し示したりしながら、寅次郎は知らず知らず潤滑油として働いていたのではないでしょうか。

以前ゴルフ場で働いていたとき、そこに用務員をしているダウン症の男性がいて、私より少し年下と思えるその人はとにかく明るく楽しい人でしたが、勇人勇人とみんなから可愛がられる人気者でした。私に向かっても「新人さん、負けるなよ」「新人さん、頑張れよ」と顔を見るたびにニコニコ笑って励ましてくれて、勇人さんのおかげで私がどんなに心強かったかしれません。数年前に障碍者を排除しようとする醜悪な事件が起きましたが愚かなことと言わざるを得ません。他人を否定し貶《おとし》める存在が種の繁栄において害悪になっても、周囲を笑顔にしたり励ましたりする存在でありうる人たちが、害悪に駆逐されるいわれはありません。

ところで、先日また整体に行った折、例の先生とのおしゃべりの中で何度も再婚を繰り返すちょっと美人の知り合いの話になり、

「私たちには考えられないですよねえ。ふつう一度の離婚だって相当なエネルギーが要る

と思いますけど、そういう人って息をするくらいの感覚で出会ったり別れたりできるんじゃないですか？」

「やっぱ女子力が高いってことじゃないですか？　いますよねえ、女子力の高い人って。……女子力検定とか受けたら、私なんか十二点くらいしか取れないと思う」

そんなくだらない自虐を言って笑ったのですが、今はそんな落第点さえも自分らしさのひとつと、面白く思えてしまうのです。

精神科病棟の入院患者だったとき。三十歳を過ぎて彼氏と別れ結婚が遠のいたとき。いつ終わるともわからない引きこもりをしていたとき。私は人間として最低レベルで、生きる価値もない、死んで人生を絶つ以外に選択肢がないと思ったこともありました。あの頃の自分と今の自分とを比べてみても地位とか財産とかいった具体的なものは何も得ておらず、何も変わっていないといえばいないけれど、あの頃は不幸のどん底にいたのに、今の私は毎日が楽しくてとても幸せなのです。

そう思うと誰でも幸せになれる、とまではもちろん言えません。ただ、今の世の中ではあまりに情報が氾濫しすぎて踊らされることが多く、特に悪い状況でもないのに不平や不満を募らせてしまいがちな気がします。とりあえず住むところがあって食べることができていれば、まずは合格なのではないでしょうか。

古宮山　温子（こみやま　あつこ）

幸せさがして日が落ちる

2021年1月30日　初版第1刷発行
著　者　古宮山温子
発行者　中 田 典 昭
発行所　東京図書出版
発行発売　株式会社 リフレ出版
〒113-0021　東京都文京区本駒込 3-10-4
電話（03）3823-9171　FAX 0120-41-8080
印　刷　株式会社 ブレイン

ISBN978-4-86641-372-3 C0095
Printed in Japan 2021